Chères lectrices,

Faut-il croire à la cha[...] surgit-elle pas souvent au moment où l'on s'y attend le moins ?

Ainsi, rien ne destinait apparemment Spencer Mathews, ancien policier devenu simple agent de sécurité, à rencontrer le bonheur avec la belle Joanne, médecin chef au service des urgences. Jusqu'à ce que l'enlèvement d'un bébé, dans l'hôpital où ils travaillent, ne les oblige bientôt à unir leurs efforts (Amours d'Aujourd'hui n° 749). De même, lorsqu'elle part de l'île de son enfance, méprisée de tous, Lauren est sans doute bien loin de pouvoir imaginer qu'elle y reviendra, la tête haute et fortune faite, douze ans plus tard (n° 750). Quant à Megan et Phillip, les deux héros de la saga des DeWilde, comment pourraient-ils songer à un avenir commun ? Tels Roméo et Juliette, ne risquent-ils pas d'être irrémédiablement séparés par la haine qui oppose leurs deux familles depuis plusieurs générations (n° 752) ?

Enfin, pour Grace Solarez, qui n'arrive pas à se consoler de la mort de sa fille, le bonheur semble à tout jamais impossible. Au point qu'elle s'est même résolue à mettre fin à ses jours. Mais voilà qu'un incident fait soudain tout basculer (n° 751).

Car tout le monde sait qu'il suffit d'un rien, parfois, pour que l'avenir s'ouvre de nouveau, un rien qui change radicalement les couleurs de la vie, surtout lorsque l'amour s'en mêle...

Bonne lecture !

La responsable de collection

GRAND JEU
Dynastie

Avec la nouvelle et passionnante saga *Dynastie*, **gagnez 1 magnifique diamant !**

Ce mois-ci, avec **Les amants ennemis**, de Kate Hoffmann (Amours d'Aujourd'hui n° 752), participez à notre grand jeu.

En découvrant chaque mois le nouvel épisode de *Dynastie*, vous pourrez augmenter vos chances de gagner et participer au tirage au sort final.

Bonne chance !

Le bonheur en sursis

RAEANNE THAYNE

Le bonheur en sursis

HARLEQUIN

AMOURS D'AUJOURD'HUI

*Cet ouvrage a été publié en langue anglaise
sous le titre :*
SAVING GRACE

Traduction française de
MICHÈLE COLLERY

HARLEQUIN ®
est une marque déposée du Groupe Harlequin
et Amours d'Aujourd'hui ®
est une marque déposée d'Harlequin S.A.

Originally published by SILHOUETTE BOOKS,
division of Harlequin Enterprises Ltd.
Toronto, Canada

Illustration de couverture
© CORBIS STOCK MARKET / ROLF BRUDERER

*Toute représentation ou reproduction, par quelque procédé que ce soit, constitue-
rait une contrefaçon sanctionnée par les articles 425 et suivants du Code pénal.*
© 2000, RaeAnne Thayne. © 2001, Traduction française : Harlequin S.A.
83-85, boulevard Vincent-Auriol, 75013 Paris — Tél. : 01 42 16 63 63
Service Lectrices — Tél : 01 45 82 47 47
ISBN 2-280-07754-X — ISSN 1264-0409

1.

Accroupie sur la terre sèche du verger, Grace Solarez regardait les voitures défiler à toute vitesse sur l'autoroute.

Six cent soixante-cinq jours plus tôt, le chant des grillons l'aurait ravie. Elle aurait apprécié le parfum des pommes mûres et des foins fraîchement coupés en offrant son visage aux caresses de la brise.

Mais, cette nuit, tout ce qu'elle voyait, c'étaient les faisceaux des phares qui perçaient la nuit.

Lequel de ces bolides lui serait fatal ?

Elle ressentit soudain une piqûre intense, et regarda d'un air surpris son avant-bras musclé par ses récents travaux sur les docks. C'était un moustique qui l'avait piqué. Elle décida d'ignorer la douleur, et songea que ce pauvre insecte appartenait à un autre monde : celui des vivants. Un monde qu'elle avait quitté depuis longtemps.

Que lui importait une petite piqûre, alors que, d'ici quelques minutes, son sang serait répandu sur le macadam ?

C'était l'heure et le lieu qu'elle avait choisis pour mettre un terme à son cauchemar.

Elle cligna des paupières plusieurs fois pour chasser une poussière qui la gênait. Malgré le picotement, ses yeux restaient secs. Avait-elle pleuré, ne fût-ce qu'une seule fois ? Elle n'en avait pas le souvenir. Son chagrin était sans larmes.

Grace n'éprouvait plus rien. Depuis un an, elle agissait comme un automate tout juste capable de respirer, de manger, de dormir. Et pourtant, elle était épuisée, dévastée.

Sa douleur constante ne lui laissait aucun répit, pas même pendant son sommeil. Et la culpabilité la rongeait nuit et jour, vingt-quatre heures sur vingt-quatre. Le fardeau était devenu trop lourd à porter.

Elle sortit la photographie de sa poche, comme elle l'avait fait au moins mille fois en un an. Dans l'obscurité, elle devinait la lueur mutine dans les yeux de sa fille. Du doigt, elle caressa le sourire de Marisa.

— Pardonne-moi, ma chérie. J'ai essayé, de toutes mes forces, mais je n'y arrive pas. Pardon, pardon...

Elle avait du mal à détacher son regard de ce visage enfantin fixé sur le papier pour l'éternité. C'était une image pleine de rire et de gaieté. Grace savait qu'elle ne se résignerait jamais à la disparition de son enfant.

Après un long moment, elle rangea soigneusement le cliché dans sa poche, puis reporta son attention sur le ballet infernal des phares. Elle ne voulait pas savoir si elle souffrirait au moment de la collision.

Mettre fin à ses jours était un péché mortel. Le père Luiz passait son temps à le lui répéter. C'était défier Dieu, et ce geste la condamnait à l'enfer. Mais quelle importance ? Elle y était déjà. Qu'avait-elle à craindre d'un Dieu qui lui avait ravi ce qu'elle avait de plus cher au monde ?

Dans quelques minutes, il serait minuit. Cela ferait un an que sa vie s'était arrêtée.

Elle se redressa : le moment était venu.

Elle remarqua, dans le trafic, une voiture dont la vitesse lui sembla excessive. Elle doublait les autres véhicules en prenant beaucoup de risques, puis se rabattait en leur faisant des queues-de-poisson.

Grace s'aperçut bientôt qu'il s'agissait d'une Porsche.

« Encore un fils à papa qui aura bu quelques coupes de champagne avant de prendre le volant ! », pensa la jeune femme.

Comme il approchait de la butte où elle se trouvait, elle vit la voiture de sport coller dangereusement l'arrière d'un pick-up. Le chauffeur de la camionnette, sans doute agacé, freina brusquement.

Le chauffard dut voir trop tard les stops du pick-up, et appuyer trop fort sur la pédale de frein car les pneus crissèrent sur le macadam dans une gerbe d'étincelles, et la voiture dérapa en se déportant sur la gauche pour venir heurter le terre-plein central.

Le chauffeur tourna désespérément le volant, mais, à cause de la vitesse, il n'arriva pas à reprendre le contrôle de son véhicule. Déséquilibrée, la Porsche capota, fit plusieurs tonneaux qui la propulsèrent par-dessus la rampe de protection, puis alla s'écraser en bas du talus. Le bruit fut tellement effrayant que Grace se boucha instinctivement les oreilles.

Il lui fallut quelques minutes pour prendre conscience de ce qui venait de se passer au cours de cette scène qui n'avait duré qu'une poignée de secondes.

Déjà, la fumée s'échappait de la carcasse. Grace reconnut cette odeur particulière : mélange d'essence, de gomme brûlée et de métal chaud.

Il était difficile d'évaluer les chances de survie des occupants de la voiture après un tel choc. A l'époque où elle travaillait encore dans la police, Grace avait vu des gens sortir indemnes de véhicules presque entièrement broyés.

Elle attendit un moment, tout en se disant qu'elle devrait peut-être aller voir s'il y avait des survivants. Il est vrai que le moment était mal choisi : elle était venue ici pour mourir, pas pour venir en aide à un chauffard.

Le sang battait follement à ses tempes. Elle n'avait pas travaillé dans la police pendant dix ans pour laisser un malheureux agoniser à quelques mètres d'elle sans lui porter secours.

Après quelques secondes d'hésitation, la jeune femme prit une profonde inspiration, et se résigna à descendre de son promontoire.

Deux automobilistes contemplaient la scène, bouche bée, les poings sur les hanches. Puis, petit à petit, un groupe se forma, mais personne ne semblait décidé à agir, ce qui ne surprenait pas Grace, compte tenu de l'odeur d'essence qui annonçait l'imminence d'une explosion.

Alors que la jeune femme n'était plus qu'à quelques mètres, un homme s'extirpa de la voiture par la fenêtre. Il avait le visage ensanglanté, et un bras replié contre son torse. Il était difficile de deviner s'il était ivre ou en état de choc, ou les deux à la fois. En tout cas, son allure et ses vêtements ne correspondaient pas du tout au standing de la voiture. Sa tenue était débraillée, ses cheveux longs et sales, et sa longue moustache mal taillée. Son T-shirt en lambeaux laissait apparaître un énorme tatouage de reptile sur sa poitrine.

Il s'éloigna de la voiture en titubant et, après trois pas, il s'effondra. Au moment où il tentait de se relever, Grace le saisit par le coude.

— Il reste quelqu'un dans la voiture ?

L'homme ne répondit pas. Il se contenta de fixer sur la jeune femme un regard vide. Elle répéta calmement :

— Il y a d'autres passagers ?

L'homme se tourna vers l'épave. Grace crut voir un éclair passer dans ses yeux injectés de sang, puis une expression étrange et furtive passa sur son visage buriné.

— Non, grogna-t-il.

Il secoua sa tignasse brune, et Grace découvrit le rubis qui brillait à son oreille.

— J'étais tout seul.

Une femme blonde et rondelette équipée d'une trousse médicale les avait rejoints.

— Je suis infirmière.

D'autorité, elle entraîna l'homme derrière elle.

Grace poussa un soupir de soulagement en les voyant s'éloigner. Machinalement, elle jeta un dernier coup d'œil à l'épave. La police ne tarderait plus. Il lui semblait entendre les sirènes, au loin. Un badaud avait dû prévenir les secours, depuis son téléphone portable.

Grace se demanda si elle avait une chance de croiser certains de ses collègues dans la patrouille dépêchée sur les lieux. Sans doute pas. Même si elle était incapable de situer l'endroit où elle se trouvait, elle savait qu'elle avait dépassé les limites de son ancien secteur.

Etait-elle encore dans le Comté ? Elle avait roulé vers l'est pendant des heures sans se soucier des kilomètres.

Dans tous les cas de figure, elle n'avait pas envie d'attendre l'arrivée de la police. Elle tourna les talons pour regagner son lieu d'observation, mais un cri plaintif l'arrêta net.

Marisa.

Ce n'était pas la première fois qu'elle entendait sa fille l'appeler, mais, aujourd'hui, il ne s'agissait pas d'un rêve. Grace se retourna vers le groupe de badauds pour vérifier les réactions. Personne ne bronchait. Se pouvait-il qu'ils n'eussent pas entendu ?

Ses sens lui jouaient des tours. Ses oreilles

12

bourdonnaient... Rien d'étonnant avec toutes ces émotions.

— Papa ! Au secours !

Le cri était à peine plus fort que le précédent, mais il était bien réel. La jeune femme fronça les sourcils. Marisa n'appellerait pas un père qu'elle n'avait jamais connu : un gamin de dix-sept ans qui avait pris la poudre d'escampette lorsque Grace lui avait annoncé qu'elle était enceinte.

— Soyez raisonnable, madame, n'y retournez pas ! Il y a des flammes : cette voiture va exploser d'une seconde à l'autre.

Un grand gaillard aux épaules de camionneur tentait de lui barrer la route, mais, sans tenir compte de son avertissement, la jeune femme, avançait vers la Porsche, telle une somnambule.

Derrière elle, les gens commençaient à s'affoler, mais ce n'étaient pas leurs protestations qu'elle entendait : c'était la petite voix de sa fille qui avait besoin d'elle. Et, cette fois, si Dieu le lui permettait, elle la sauverait.

En s'agenouillant devant la vitre de la voiture, elle reçut un choc. Ce n'était pas Marisa qui se trouvait dans le véhicule. C'était une petite fille blonde, plus jeune. Elle avait la tête à l'envers, et elle était emprisonnée par la ceinture de sécurité.

Une fumée épaisse obscurcissait l'habitacle. D'un geste de la main, Grace essaya de la chasser. Elle toussa tant sa gorge la brûlait.

— Papa ! Je veux mon papa ! cria la fillette d'une voix tremblante.

Grace ressentit une bouffée de rage. Quelle

sorte de monstre était ce chauffard pour prétendre qu'il était seul dans la voiture et laisser sa fille mourir sous ses yeux ?

— Il y a une enfant, ici ! cria-t-elle par-dessus son épaule.

Les badauds se consultèrent du regard, mais personne ne semblait décidé à risquer sa vie. Les flammes qui léchaient la carrosserie ne tarderaient pas à atteindre le réservoir. Grace comprit alors qu'elle ne devait compter que sur elle-même, et qu'elle n'avait pas une seconde à perdre pour sortir la petite avant que l'explosion ne pulvérisât la voiture.

Elle se glissa à l'intérieur par l'ouverture qu'offrait la vitre brisée.

Au mépris des coupures, elle se faufila le long du toit. Quand elle atteignit enfin la fillette, celle-ci était au bord de la panique.

Même si chaque dixième de seconde comptait, il fallait prendre le temps de calmer l'enfant.

— Bonjour, dit-elle. Je m'appelle Grace.

— Vous êtes un ange ?

Cette question déconcerta la jeune femme. La petite ne croyait pas si bien dire. A cinq minutes près, Grace aurait fait partie de l'autre monde.

— Non. Je suis tout simplement une dame venue te secourir. Et toi, comment t'appelles-tu ?

— Emma. Mon papa m'appelle Petite Em.

« Si, par chance, nous sortons vivantes d'ici, Petite Em, j'espère que ton père ira en prison pour le restant de ses jours ! », songea Grace. Mais elle s'abstint de formuler tout haut cette prière, et

14

s'attaqua à la ceinture de sécurité qui refusait de s'ouvrir.

La jeune femme essuya son front en nage et s'acharna de plus belle. Rien à faire. Il fallait donc trouver un autre moyen de libérer la fillette.

— Ecoute, Emma, la ceinture est bloquée. Nous allons la faire glisser le long de ton ventre et de tes jambes. Essaie de te faufiler sans t'énerver.

La jeune femme sentait son pouls battre comme un compte à rebours. De toutes ses forces, elle tira la ceinture dans le dos de la fillette qui, de son côté, se tortillait dans tous les sens pour s'extirper de sa prison.

— Nous y sommes presque, lui dit Grace sur le ton de l'encouragement. Encore un petit effort !

Avec un cri de soulagement, Emma finit par se libérer, et tomba dans les bras de la jeune femme.

— Dépêche-toi ! Passe par la vitre !

Tout en parlant, elle tentait de desserrer les petits bras qui enlaçaient étroitement son cou.

— N'aie pas peur, ma chérie, avance, lui dit-elle doucement.

L'enfant finit par obéir, et Grace put l'entraîner jusqu'à l'ouverture. Dès qu'elles furent à l'air libre, elle souleva la petite dans ses bras, et courut à toutes jambes en lui protégeant la tête. Elle n'avait pas fait dix mètres qu'elle entendit la voiture s'embraser comme une torche, et crut que l'explosion allait les souffler comme un fétu de paille.

Dans un sursaut d'énergie, elle se jeta au sol, juste avant que la déflagration ne déchirât la nuit, faisant trembler la terre et soufflant les branches des pommiers.

La jeune femme poussa un cri lorsqu'un objet brûlant vint se planter dans son dos, puis elle serra les dents en retenant sa respiration pour conjurer la douleur.

Quand le calme fut tout à fait revenu, elle se redressa, surprise de ne pas être déchiquetée par les débris de verre et de tôles éparpillés autour d'elles. La douleur dans son dos était atroce, mais, au moins, elles étaient toutes les deux vivantes.

Vivante.

La sensation qu'elle éprouva en cet instant agit sur elle comme un raz de marée. Ce picotement le long de la colonne vertébrale mêlé à une indicible excitation révélait son instinct de survie. Elle comprit l'essentiel : qu'elle n'était pas prête à mourir.

C'était le pied de nez que lui faisait la vie. Alors qu'elle était sur le point de se donner la mort, le destin s'était chargé de lui prouver que sa décision n'était pas la bonne.

— Ouf ! Quelle peur bleue, hein ? dit-elle d'une voix rauque. Tout va bien, Emma ?

Quand la fillette hocha la tête, ses cheveux vinrent chatouiller la joue de Grace.

— Oui, dit-elle d'une petite voix étouffée.

Grace la serra contre elle, malgré les terribles souvenirs que réveillait en elle la tiédeur de ce petit corps qui palpitait dans ses bras.

« Oh, Marisa ! Marisa ! »

— Il y a du monde pour s'occuper de toi, à présent, dit-elle d'une voix brisée par l'émotion.

16

En effet, trois voitures de police et un camion de pompiers venaient de se garer dans un concert de sirènes. Avec les lumières des gyrophares qui tournaient de tous les côtés, on y voyait comme en plein jour. Une équipe médicale équipée de brancards et de groupes électrogènes courait vers elles.

Le moment était venu de s'éclipser. Grace n'était pas d'humeur à répondre aux inévitables questions des policiers.

Elle dénoua les bras de la petite fille, et se releva en grimaçant de douleur.

— Ne pars pas ! S'il te plaît, ne me laisse pas ! supplia l'enfant.

La jeune femme s'efforça de sourire.

— Tu n'as plus besoin de moi : tu es sortie d'affaire. Regarde : il y a des médecins et des infirmières qui vont bien s'occuper de toi. Au revoir, Emma.

Les secours étaient là. Dans la confusion générale, Grace n'eut aucun mal à se fondre dans la foule. Personne ne tenta de l'intercepter, tandis qu'elle regagnait subrepticement l'obscurité des vergers.

En découvrant les fenêtres murées et le délabrement des façades, Jack Dugan eut l'impression de débarquer dans un no man's land.

Aucune présence humaine dans cet îlot insalubre aux trottoirs jonchés de détritus. Rien d'étonnant à cela : qui aurait bien pu habiter un quartier aussi peu hospitalier ?

Le numéro et la rue inscrits sur le morceau de papier qu'il tenait à la main correspondaient pourtant à l'adresse relevée sur une ancienne facture d'une compagnie maritime. C'était Mike qui avait fait cette découverte, il y avait tout juste une heure, après une semaine de recherche.

Une plaque en métal rouillé pendait au bout de la chaîne qui faisait office de barrière devant une espèce de square pour enfants. Surpris par tant de vétusté, Jack vérifia encore une fois l'adresse. C'était bien là. Les mauvaises herbes avaient envahi ce qui avait dû être une plate-bande. La peinture bleu pâle qui recouvrait les murs devait être charmante, trente ans auparavant, mais, à présent, elle s'écaillait en laissant d'immondes plaques jaunâtres. Pourtant c'était bien là : derrière ces murs crasseux vivait une femme qui avait été assez courageuse pour braver la mort afin de sauver sa fille. Emma disait d'elle que c'était un ange.

D'après Mike et l'armée de détectives privés que Jack avait engagés pour la retrouver, Grace Solarez vivait seule ici, sans mari, sans enfants, sans chien ni chat. Tout ce qu'on savait d'elle, c'était qu'elle avait fait partie de la police de Seattle et que, ces derniers mois, elle avait travaillé pour un salaire de misère dans une société de transports, sur les docks.

Jack ferma les portes de la Jaguar à clé, et étudia longuement la façade décrépite. Peut-être que Grace Solarez lui fournirait les réponses aux angoissantes questions qu'il se posait depuis huit jours ? Peut-être qu'elle l'aiderait à élucider le mystère du rapt d'Emma ?

Il soupira. Depuis cette terrible nuit, il avait déployé des trésors de patience devant les échecs successifs des enquêteurs — détectives privés et représentants de la police fédérale — incapables de retrouver la trace de cette mystérieuse étrangère surgie de nulle part, qui avait sorti sa fille de la carcasse de la Porsche volée par le kidnappeur.

La description de la jeune femme était assez sommaire. On savait qu'elle était de type espagnol, plutôt maigre, avec de grands yeux bruns. Cependant, elle avait laissé tomber une photographie sur le lieu de l'accident : celle d'une fillette au sourire espiègle, avec deux tresses de cheveux noirs.

C'était succinct, mais la pugnacité de Mike Martin, le meilleur détective de la ville, avait fini par payer. Aujourd'hui, grâce à lui, Jack pouvait mettre un nom sur la femme qui avait sauvé Emma : Grace Solarez. Il prendrait le temps nécessaire pour découvrir si elle avait un rapport avec le « méchant monsieur » — comme l'appelait Emma — qui avait fui après l'accident en l'abandonnant dans la voiture.

Personne n'avait pu dire si Grace Solarez suivait la Porsche dans une autre voiture ni dans quel véhicule elle était repartie. Elle semblait avoir disparu par enchantement, comme elle était venue. Que faisait-elle sur cette autoroute, au milieu de la nuit ? Comment avait-elle pu s'évanouir dans la nature, à l'insu de tous ? Etait-elle complice du gangster? Et, si c'était le cas, pourquoi avaient-ils enlevé Emma?

Jack savait qu'il ne dormirait pas avant d'avoir obtenu des réponses à toutes ces questions.

On était en septembre. Le vent frais était chargé de pluie. Jack remonta le col de sa veste et enjamba la chaîne pour se diriger vers la porte N° 14-B, tout en se demandant si la petite fille de la photographie jouait ici. Il ne put réprimer une vague de tristesse mêlée d'effroi devant la balançoire cassée et le bac à sable transformé en dépotoir.

Si Grace Solarez était bien l'héroïne qui avait risqué sa vie pour Emma, il se promettait de tout faire pour la sortir de ce taudis. Et, si, au contraire, elle avait joué un rôle dans l'enlèvement, elle ne l'emporterait pas au paradis.

Il gravit les marches en métal de l'escalier extérieur jusqu'au deuxième étage. Les portes des appartements donnaient sur un étroit couloir au sol cimenté battu par la pluie. Il s'arrêta devant le numéro qu'il cherchait. Le rideau de la fenêtre de l'appartement voisin se souleva. C'était le premier signe de vie dans cet immeuble désert.

En sonnant à la porte, il se sentait dans un état d'énervement extrême. En principe, Grace Solarez devait être chez elle. Juste après le coup de téléphone de Mike, Jack avait appelé McManus, l'employeur de la jeune femme : il lui avait appris qu'elle ne travaillait plus depuis le soir du rapt.

Mike lui avait également appris qu'un véhicule avait été enregistré sous son nom : une vieille

20

guimbarde qui, effectivement, croupissait sur le parking.

Mike sonna une seconde fois et, pour être certain d'être entendu, il donna aussi quelques coups énergiques contre la porte. Quelques secondes plus tard, il entendit un bruit métallique, à l'intérieur de l'appartement.

La porte s'ouvrit à peine, mais, dans l'entrebâillement, il crut apercevoir une crinière brune et d'immenses yeux sombres, très semblables à ceux de la fillette dont il tenait la photographie à la main.

— Grace Solarez ?

Une expression d'étonnement plissa les grands yeux noirs.

— Oui ?

A présent qu'elle était devant lui, il ne savait plus par où commencer.

— Bonjour. Je m'appelle Jack Dugan. Puis-je vous parler, s'il vous plaît ?

— A quel sujet ?

Sa voix était étrangement suspendue, irréelle, comme si elle était ivre... Et si c'était une toxicomane ? Jack se demanda un instant si elle n'avait pas été renvoyée de la police pour cette raison-là. D'un autre côté, il avait du mal à imaginer une junkie en train de voler au secours d'une petite fille en péril. Il préféra repousser toutes ces questions qui n'avaient rien à voir avec l'objet de sa visite.

— J'ai engagé des détectives pour retrouver votre adresse.

Jack scrutait attentivement ses prunelles brunes pour y détecter la moindre réaction, une trace de culpabilité, de la méfiance, n'importe quelle émotion... mais leur expression était aussi insondable qu'un abîme.

Le rideau voisin remua de nouveau. Jack réprima un mouvement d'agacement.

— Me permettez-vous d'entrer ?

Il sourit pour la rassurer, et osa faire une plaisanterie, mais il sentit qu'il manquait de naturel.

— Ne craignez rien : je vous promets que je n'ai ni couteau ni revolver ni grenade sur moi.

La jeune femme ne se dérida pas pour autant. Elle le dévisagea encore pendant un long moment, et finit par décrocher la chaîne de sécurité.

L'intérieur de l'appartement était conforme à l'immeuble : triste et sans âme, comme inhabité. Il ressemblait davantage à une chambre de motel qu'à un appartement.

Le mobilier se composait en tout et pour tout d'une chaise et d'un vilain canapé-lit turquoise et jaune. Jack fronça les sourcils devant cet étrange intérieur aux murs nus. Il n'y avait ni photographies ni tableaux ni livres ni bibelots.

Jack Dugan en déduisit que Grace Solarez ne s'intéressait pas à la décoration et que c'était bien son droit.

Il reporta son attention sur la jeune femme elle-même. C'était la première fois qu'il la regardait bien en face. Elle semblait aussi usée que le décor environnant. Sa pâleur extrême lui donnait un teint cireux, et ses yeux, qui lui mangeaient le visage, étaient largement cernés.

Il devina, pourtant, qu'elle était plus jeune qu'il ne l'avait imaginé. Certainement moins de trente ans. Même si son regard exprimait une immense lassitude.

Elle était pieds nus, et vêtue d'un T-shirt délavé et d'un jean coupé aux genoux. Jack suivit du regard ses longues jambes parfaitement galbées et la courbe harmonieuse de ses hanches, puis son regard remonta jusqu'à ses seins qui pointaient sous le fin coton. Il fut surpris, pour ne pas dire honteux, de ses pensées pour le moins déplacées.

Piper McCall avait peut-être raison ? Son collaborateur ne cessait de lui conseiller de fréquenter davantage les femmes...

Elle avait laissé la porte ouverte, certainement pour pouvoir appeler, au cas où il aurait eu de mauvaises intentions. A présent, elle se cramponnait au chambranle comme si elle avait eu peur de s'effondrer.

— Vous disiez que vous m'aviez fait rechercher. Dans quel but ?

Sa voix semblait venir d'ailleurs.

Jack décida de mettre ses soupçons de côté pour l'instant. Quel que fût le rôle de cette femme dans le kidnapping, il n'en demeurait pas moins qu'elle avait risqué sa vie pour voler au secours d'Emma.

— Je suis venu vous remercier.

— Me remercier ? Pourquoi ?

— Pour avoir sauvé ma fille.

Elle fronça les sourcils, et il remarqua qu'elle crispait les doigts sur la porte.

— Que... que dites-vous ?

— Et je suis venu vous rendre ceci.

Il lui tendit la photographie.

Lorsqu'elle reconnut le cliché, ses yeux s'agrandirent encore, et ses joues parurent moins pâles.

Avec un bref murmure d'excuse, Grace Solarez chancela et s'effondra sur sa moquette râpée.

2.

Jack se contenta d'abord de regarder d'un air interdit la jeune femme allongée par terre. Ses cheveux noirs lui couvraient le visage.

Et si elle était vraiment droguée ? Dans ce cas, ce n'était peut-être pas un courage exemplaire qui l'avait poussée à sauver Emma, mais tout simplement un état de totale inconscience.

De toute façon, qu'elle fût droguée ou non, cela n'empêchait pas Jack de se sentir redevable vis-à-vis de cette jeune femme. Il s'agenouilla à côté d'elle.

— Madame ? Madame Solarez ?

Comme elle ne répondait pas, il dégagea les cheveux de son visage. Sa peau était brûlante. Les yeux fermés, elle paraissait encore plus fantomatique avec son teint si pâle, ses deux grands cernes noirs, ses joues creuses et ses lèvres gercées.

S'il n'y avait eu ce léger battement sous son T-shirt, au niveau de la poitrine, il aurait pu supposer qu'elle était morte. Il glissa la main sous sa tête pour la relever, mais, à cet instant, elle laissa échapper un léger cri de douleur.

Il la lâcha aussitôt. Il se sentait désemparé, taraudé par une foule de questions. Que devait-on faire en pareil cas ? Quels étaient les premiers gestes d'urgence ? Il était pilote, pas médecin.

Un médecin. Appeler un médecin.

Il chercha vainement le téléphone. Puis il se dit que, si Grace Solarez était droguée, elle aurait des ennuis. Il était venu pour la remercier, pas pour la livrer à la police.

Il songea à certaines scènes qu'il avait vues au cinéma. Il pouvait peut-être lui tapoter les joues pour l'aider à refaire surface. Il approcha la main de sa joue, puis se ravisa. N'était-ce pas un peu cavalier de frapper une femme qu'il connaissait à peine ?

Un peu d'eau fraîche, peut-être ? Il se redressa, et son regard tomba sur l'évier de la kitchenette. Dans l'égouttoir à vaisselle, il y avait un verre propre. Il fit couler l'eau un moment jusqu'à ce qu'elle fût bien froide, puis remplit le verre, referma le robinet et rejoignit la jeune femme.

Ce fut alors qu'il vit son dos.

Il se sentit vaciller, et faillit laisser tomber le verre.

Qu'était-il arrivé à cette malheureuse ? Une énorme tache rouge imprégnait son T-shirt qui, par endroits, collait à son dos. Elle devait souffrir atrocement. C'était sans doute pour cette raison qu'elle s'était évanouie.

Pendant qu'il repartait la recherche du téléphone, la jeune femme recommença à gémir. Elle voulut rouler sur le dos, mais la douleur l'arrêta net dans une position de trois quarts très inconfortable.

— Ne bougez pas, murmura-t-il, je vais vous aider à vous retourner sur le ventre.

Au son de sa voix, Grace Solarez voulut se redresser.

— Qui...

Le seul fait de parler sembla la vider de toute son énergie. Elle ferma les yeux, et Jack crut qu'elle avait un nouveau malaise. Mais elle reprit d'une voix très faible :

— Qui êtes-vous ?

— Jack Dugan. Vous vous souvenez ? Juste avant que vous ne perdiez connaissance, j'étais en train de vous expliquer les raisons de ma visite.

Un éclair jaillit dans les grands yeux noirs de Grace.

— Ma photo, murmura-t-elle, qu'en avez-vous fait ?

Elle tenta de se relever, mais Jack l'en empêcha en lui posant la main sur le bras.

— Doucement, lui dit-il. Ne vous agitez pas. Tenez, voici votre photo : j'étais venu la rapporter.

Il tira la photographie de la poche de sa chemise, et la lui tendit. Elle l'examina un moment, et la prit avec d'infinies précautions, comme s'il s'était agi d'un objet fragile et précieux.

— Merci, murmura-t-elle. J'en ai d'autres, mais celle-ci... c'est ma préférée.

L'émotion intense qui se lisait sur son visage livide le mit très mal à l'aise.

— Inutile de me remercier. Je ne fais que vous rendre votre bien. A présent, si vous m'expliquiez pourquoi votre dos est dans cet état ? C'est une coupure ?

Exténuée, la jeune femme retomba sur l'horrible moquette en faisant non de la tête.

— Une brûlure, murmura-t-elle, j'ai essayé de mettre de la pommade, mais je n'y arrive pas. Je pense que c'est infecté.

Un horrible doute s'empara de Jack.

— Comment vous êtes-vous brûlée ?

Elle referma les yeux.

— Au moment où la voiture a explosé... je n'ai pas couru assez vite.

C'était bien ce qu'il pensait. On lui avait dit qu'elle s'était jetée sur Emma pour la protéger de son corps... Il se précipita vers elle et lui prit la main.

— Je vais vous emmener à l'hôpital.

Grace releva la tête, le regard affolé. Sa main tremblait dans celle de Jack comme un oiseau pris au piège.

— Non ! Pas à l'hôpital !

— Vous êtes blessée. Vous avez besoin de soins.

— Pas à l'hôpital, je vous en supplie !

Elle avait l'air si terrorisée qu'il n'insista pas.

— Bon, comme vous voudrez. En tout cas, restez tranquille, sinon vous allez vous remettre à saigner.

Mais il parlait dans le vide. Grace Solarez avait de nouveau perdu connaissance.

Il étouffa un de ces jurons qui lui aurait valu un coup de cuiller de bois sur les doigts si Lily l'avait pris sur le fait. Il était dans de beaux draps, maintenant qu'il lui avait promis de ne pas l'emmener à l'hôpital. Et si sa blessure était grave ? Sa pâleur était effrayante, et son front brûlant indiquait qu'elle avait de la fièvre. Avait-elle perdu beaucoup de sang ? Peut-être avait-elle besoin d'une transfusion ?

En proie à la plus grande indécision, Jack regardait la femme inanimée en se frottant le front. Il devait trouver une solution pour la faire soigner décemment, d'autant qu'il ne s'agissait pas de n'importe qui : c'était la personne qui avait sauvé son enfant au péril de sa vie.

Lily ! Lily Kihualani pourrait prendre soin d'elle. Cette idée le soulagea. Lily était une véritable mère pour ceux qui en avaient besoin et, de surcroît, elle avait été infirmière. Elle devait savoir soigner une brûlure, même grave.

— Vous allez venir avec moi, dit-il pour la forme.

La jeune femme ne réagit pas.

Il la souleva dans ses bras et se dit qu'elle ne pesait pas plus lourd qu'une plume. Puis il la porta jusqu'à la Jaguar et l'allongea sur la banquette arrière. Une fois sur l'autoroute, il songea qu'il n'avait pas appris grand-chose sur Grace Solarez.

Grace s'éveilla en gémissant de douleur.

— Chut, mon petit, murmura une voix de

femme — une jolie voix, mélodieuse comme celle d'une sirène. Tout doux, ne bouge pas, c'est presque fini.

Grace sentait qu'on lui triturait sauvagement le dos. Où se trouvait-elle ? Et qui l'avait amenée ici ?

Elle essaya de se relever, mais des bras d'acier la maintinrent solidement en place.

— Tu en as encore pour longtemps, Lily ? demanda une voix masculine.

Cette voix ne lui était pas inconnue, mais elle ne voyait rien, à part les flashes blancs que la douleur allumait sous ses paupières closes.

A force de réfléchir, Grace en avait la migraine. Et puis, petit à petit, la mémoire lui revint. Cette voix grave aux inflexions chaudes était celle d'un homme à la peau hâlée et aux yeux verts. Elle se rappela qu'il avait un beau sourire. C'était lui qui lui avait ramené Marisa.

Elle fronça les sourcils. C'était impossible : Marisa était morte depuis un an. Personne ne pourrait jamais la lui ramener. Personne.

— Je prendrai le temps nécessaire, répondit la voix de sirène. Pas plus, pas moins.

— Elle revient à elle. Je crains qu'elle ne souffre l'enfer quand elle sera complètement réveillée. Est-ce que tu pourras lui donner des calmants ?

— Tu me prends pour une idiote ou quoi ? Je ferai ce que je pourrai, mais c'est une vilaine brûlure. Je maintiens qu'il aurait mieux valu l'emmener à l'hôpital. Moi, je ne suis pas médecin : je fais le maximum, mais ne me demande pas la lune.

Le supplice recommença pour Grace lorsque les mains impitoyables frottèrent sa peau meurtrie. Elle flottait dans un état comateux, mais, parfois, une douleur plus aiguë, plus vive, la ramenait à la conscience. Puis on lui fit avaler un liquide amer, et elle sombra dans l'inconscience.

Lorsqu'elle ouvrit les yeux, une petite fille aux grands yeux verts et aux magnifiques cheveux blonds la regardait avec une extrême intensité.

Emma! Grace se rappela soudain la fillette qu'elle avait sortie de la Porsche. Que faisait cette petite fille au milieu de son cauchemar?

— Bonjour, lança Emma.

Grace essaya de répondre, mais sa gorge était rêche comme du papier de verre.

L'état de son dos ne valait guère mieux. Grace savait qu'elle avait reçu des débris de tôle en fusion, lors de l'explosion de la voiture.

Elle avait tenté de se soigner avec des antiseptiques et du baume, mais elle n'était jamais parvenue à atteindre le milieu de son dos, si bien qu'elle avait un peu expédié les soins. Le troisième jour après l'accident, elle avait commencé à frissonner, à avoir de la fièvre, puis elle avait déliré. La nuit, elle faisait d'horribles cauchemars peuplés d'hommes monstrueux avec des yeux oranges qui forçaient des enfants à monter dans des voitures folles.

Sa brûlure avait dû s'infecter, ce qui expliquait ses hallucinations, mais elle ne saisissait pas par quel miracle elle avait pu passer de son matelas, dont les ressorts lui infligeaient de véritables tortures, à ce grand lit aux draps de lin, au bord duquel l'espionnait un angelot aux yeux verts.

— Est-ce que vous allez mourir comme maman ?

Grace fronça les yeux pour tenter de mieux voir la fillette qui la dévisageait, le front plissé par l'inquiétude. Elle toussa pour s'éclaircir la voix, mais les mots ne passaient toujours pas.

Une carafe en cristal remplie d'eau et un verre étaient posés sur la table de chevet. Elle tendit la main pour les atteindre, mais il lui manquait quelques centimètres. Après plusieurs tentatives, elle laissa retomber son bras.

Emma avait compris.

— Vous voulez boire ? lui demanda-t-elle avec empressement. Je peux vous servir.

En tirant légèrement la langue, la fillette remplit le verre, puis le reposa avec précaution.

— Lily a dit que vous ne pourriez pas boire avec un verre, au début, parce que vous ne seriez pas capable de relever la tête, alors j'ai apporté mes pailles : regardez ! dit-elle fièrement.

Elle aida Grace à placer la paille entre ses lèvres, et inclina le verre pendant que la jeune femme se désaltérait. Jamais de sa vie Grace n'avait autant apprécié l'eau fraîche.

— Merci, murmura-t-elle enfin.

Sa voix était râpeuse et incertaine. On aurait dit

qu'elle recouvrait la parole après des semaines de mutisme.

— Lily et papa avaient peur que je vous dérange, mais ce n'est pas vrai, hein? Je vous aide!

La jeune femme était perplexe. Il lui fallut de nouveau plusieurs secondes pour se rappeler l'homme aux cheveux blonds qui était venu la remercier d'avoir sauvé la vie de sa fille.

Mais il ne ressemblait guère à l'individu qui conduisait la voiture, cette nuit-là, et qui avait abandonné la fillette à deux doigts de la mort!

— Où suis-je? demanda-t-elle à Emma.

— Chez moi. Mon père vous a ramenée hier.

La fillette plissa le front.

— Ou avant-hier. Je ne sais plus.

Grace fit des efforts pour solliciter sa propre mémoire, mais il ne lui revenait que des bribes d'images. En revanche, elle revoyait nettement le visage de l'homme qui avait frappé à sa porte et qui prétendait être le père d'Emma.

— Pourquoi suis-je ici?

— Papa a dit que vous étiez malade et qu'il fallait vous soigner. Lily a passé une drôle de mixture sur votre dos.

La fillette se rapprocha de Grace jusqu'à ce que celle-ci sentît la tiédeur laiteuse de son haleine contre sa joue.

— Tu vas mourir? répéta Emma.

C'était ce que Grace souhaitait, il n'y avait pas si longtemps.

Les lumières des phares sur le macadam et la

piqûre du moustique lui revinrent à la mémoire, tout comme cette extraordinaire prise de conscience, au moment de l'explosion.

Souhaitait-elle toujours mourir ? Grace n'avait pas envie de se poser la question maintenant.

— Ma maman est morte quand j'avais deux ans, lui confia Emma. Elle a été tuée dans un accident d'avion. Elle ne vivait plus avec nous, mais j'ai beaucoup pleuré.

— Je m'en doute.

— Qui est-ce ?

Emma désignait du doigt la photo de Marisa, posée sur la table nuit, et sa question arracha à la jeune femme une grimace de douleur.

Elle se perdit dans les traits enfantins qu'elle connaissait si bien. Les grands yeux noirs, le petit nez droit, les tresses brunes. Le chagrin reprit le dessus, plus fort que la souffrance physique.

— C'est ta fille ?

Grace hocha la tête.

— Oui, murmura-t-elle.

— Où est-elle ?

Un cimetière, une tombe froide marquée simplement d'une pierre blanche, c'était tout ce qu'elle avait pu faire après avoir payé l'enterrement.

— Elle est morte.

Les mots étaient sortis, implacables. Ils étaient durs, inhumains, mais la fillette ne s'en formalisa pas.

— Comme maman.

Le visage d'Emma s'adoucit. Elle tapota le bras de Grace.

— Toi aussi, tu as dû pleurer beaucoup.

Le temps qu'elle formulât une réponse appropriée à une fillette de cinq ans, la porte s'ouvrit, et l'homme qui lui avait rapporté la photographie de Marisa entra dans la chambre.

Il portait un pantalon kaki et une chemisette noire. Avec ses cheveux blonds décolorés par le soleil et sa peau hâlée, il avait tout du sportif qui revient d'une compétition de surf ou de voile.

Quand il s'approcha du lit, elle le trouva très intimidant avec son regard de prédateur prêt à bondir sur sa proie.

Comment s'appelait-il, déjà ? Après un gros effort de concentration, elle retrouva son nom : Jack Dugan.

— Emma ! dit Jack à voix basse. Tu sais que tu n'as rien à faire ici.

— Mais j'ai aidé Grace à boire, papa. Elle avait soif, et je lui ai versé un verre d'eau toute seule.

Jack tourna la tête vers Grace.

— Je suis content que vous soyez réveillée, dit-il.

Sous son regard perçant qui la scrutait comme si elle avait été une bête curieuse, Grace se sentait à sa merci, à demi dévêtue et couchée à plat ventre dans ce lit étranger.

Elle ne dit rien.

— Je lui ai servi à boire, répéta Emma.

Le sourire qu'il adressa à sa fille adoucit immédiatement ses traits taillés à la serpe. La transformation était spectaculaire. Des paillettes d'or se mirent à danser dans ses yeux verts, et la fossette qui apparut au coin de sa joue le rajeunit de dix ans. Le cruel prédateur se mua en grand félin tendre et affectueux.

Le joli minois de la fillette s'illumina à son tour. Grace sentit son cœur se gonfler d'émotion devant le spectacle qu'offraient le père et la fille.

— Quelle bonne infirmière tu fais, Petite Em ! dit Jack.

— Comme Lily ?

Il s'esclaffa en lui prenant le menton.

— Comme Lily, en moins tyrannique.

La jeune femme en conclut que Lily était celle qui lui avait enduit le dos avec la « mixture » dont parlait Emma.

Grace vit son visiteur tirer une chaise près du lit et prendre Emma sur ses genoux. Elle aurait donné cher pour pouvoir disparaître dans un trou de souris.

— Comment vous sentez-vous, aujourd'hui ?

— J'ai mal, maugréa-t-elle.

— Je vais demander à Lily de vous donner un antalgique. En tout cas, si vous m'aviez laissé vous conduire à l'hôpital, vous seriez certainement en meilleure forme, à l'heure actuelle.

La seule évocation de l'hôpital terrorisait la jeune femme. C'était un monde sans pitié où les médecins vous annonçaient sans aucune émotion que votre vie était finie.

— Je n'ai pas besoin d'aller à l'hôpital.

— Le débat est ouvert, madame Solarez.

— Quel débat ? Je ne veux pas entendre parler d'hôpital, et personne ne me fera changer d'avis.

En s'entendant parler, elle se dit qu'elle devait paraître butée et enfantine, mais elle n'avait pas envie de faire d'efforts. Elle se sentait épuisée après ce sursaut de révolte. Elle roula sur le côté, malgré la souffrance que lui causait le moindre mouvement.

— Je vous suis reconnaissante de ce que vous avez fait pour moi, dit-elle, mais je... J'aimerais rentrer chez moi.

C'était un mensonge. Elle détestait son appartement, tout comme cet infâme quartier. Mais c'était ce qu'elle avait trouvé de plus éloigné de sa jolie maisonnette aux volets blancs, avec son panier de basket sous le hangar et sa barrière de bois autour du jardin. Marisa et elle avaient passé plus de cinq ans à aménager ce petit coin de paradis.

Elle y était restée pendant un mois, après la mort de sa fille, puis elle s'était effondrée. Jean lui avait déconseillé de vendre, alors elle avait loué la maison à un jeune couple d'enseignants qui avaient un petit garçon de l'âge d'Emma.

La masure qu'elle habitait aujourd'hui était sa pénitence, son châtiment pour ne pas avoir su protéger son enfant.

— Actuellement, vous êtes dans l'incapacité de vous soigner, dit Jack. Je suis désolé, mais, que vous le vouliez ou non, nous sommes obligés de vous garder ici tant que vous n'avez pas recouvré vos forces.

La fatigue et la douleur l'empêchaient de trouver des arguments, mais elle savait qu'elle ne supporterait pas très longtemps de vivre dans une maison où il y avait autant d'amour.

— Vous ne me forcerez pas à rester ici.

— Tu ne nous aimes pas ? lui demanda Emma d'un air déçu.

Que répondre à cette question ? Comment expliquer à une fillette de cinq ans que le spectacle de leur bonheur lui était insoutenable, et que sa blessure physique n'était rien comparée à son désespoir.

Une voix de stentor la ramena au présent.

— Qu'est-ce que vous fabriquez ici, tous les deux ?

— Euh... Hum...

Jack regarda sa fille d'un air contrit. Ils tournèrent tous les deux la tête vers la nouvelle venue, qui était campée sur le seuil de la porte. Grace comprit immédiatement pourquoi Jack semblait aussi intimidé. Taillée comme une armoire à glace, la femme était aussi large que haute. Elle devait bien mesurer un mètre quatre-vingts pour un poids de cent kilos. Par réflexe, la jeune femme se fit toute petite dans son lit.

Du coin de l'œil, elle étudia cette force de la nature. A sa peau noire, son nez épaté et sa coiffure afro, Grace comprit qu'elle était née dans les îles du Pacifique, peut-être à Hawaii. En tout cas, la façon dont elle regardait Jack tendait à prouver qu'elle exerçait sur lui une certaine autorité, et sans doute depuis longtemps. Etait-elle sa nourrice ? Sa mère adoptive ?

— Madame Solarez, je vous présente Lily, la perle de la maison. C'est elle qui vous a soignée. Ta patiente est réveillée, Lily.

— Ne disais-tu pas qu'elle avait besoin de repos ?

— Si...

— Je m'absente dix minutes pour aller faire des courses, et vous en profitez pour venir casser les pieds à cette petite. Je suis certaine que Tiny avait à peine fait démarrer la voiture que vous étiez déjà là.

— Oui, avoua Jack. Comment l'as-tu deviné ? ajouta-t-il avec un sourire taquin.

L'infirmière roula de gros yeux lourds de reproche.

— Je connais ta fille, et je te connais, toi aussi. Bon, le dîner est servi. Si ces messieurs dames veulent bien passer à table.

Son exaspération ne l'empêchait pas de couver le père et la fille d'un regard plein de tendresse, ce qui ne faisait qu'ajouter au sentiment d'exclusion que ressentait Grace.

Sa place n'était pas ici.

Nullement impressionnée par l'impétueuse grosse dame, Emma dégringola des genoux de son père et traversa la pièce pour aller lui prendre la main.

— Tu sais quoi, Lily ? J'ai donné à boire à Grace, et papa a dit que j'étais une bonne infirmière, comme toi.

Elle pouffa de rire et planta un baiser sur la main brune de Lily.

— Il a dit aussi que j'étais moins tyrannique.

A ces mots, Lily fronça les sourcils et fit une moue faussement sévère.

— Tyrannique ?

— J'en connais une qui devrait apprendre à tenir sa langue, dit Jack.

Il pointa l'index en direction d'Emma.

— Ou bien, un jour, une mouche entrera dans sa bouche.

La fillette éclata de rire. Quant à Lily, elle serrait les lèvres pour ne pas l'imiter. Mais ses yeux la trahissaient, malgré ses efforts pour conserver un air autoritaire.

— Allez, ouste vous deux ! Dehors, que ma patiente puisse dormir !

— Nous partons, nous partons, dit Jack en se levant.

D'un seul mouvement, il souleva Emma de terre et l'installa sur ses épaules. La petite hurlait de joie tandis qu'il avançait vers la porte. A la dernière seconde, il se retourna.

— Oh, j'oubliais... Souhaitez-vous que nous appelions quelqu'un de votre part ?

— Pourquoi ?

Il parut surpris.

— Pour que l'on sache où vous joindre. Je ne sais pas, moi, un membre de votre famille, des amis... quelqu'un qui aurait des raisons de s'inquiéter pour vous. Je peux téléphoner à votre place et laisser vos coordonnées ici, si vous voulez.

La jeune femme secoua la tête. Elle n'avait pas de famille, du moins personne qui se souciât d'elle. Et, depuis un an, elle avait coupé les ponts avec presque tous ses amis et collègues de la

40

police de Seattle. Elle ne supportait plus leur compassion.

Seul Jean, son ancien coéquipier et son meilleur ami, avait tenu bon et ne l'avait jamais perdue de vue. Pourtant, elle murmura :

— Non, je n'ai personne à prévenir.

— En êtes-vous sûre ? Il se peut que quelqu'un vous cherche, à l'heure actuelle.

Bien qu'elle fût à bout de forces, elle trouva encore assez d'énergie pour lui lancer un regard noir.

— Je vous ai dit que je n'avais personne à prévenir.

Avec effroi, elle entendit sa propre voix se briser sur le dernier mot, et les larmes lui brouillèrent la vue. Elle était plus fatiguée qu'elle ne le pensait.

Lily dut en arriver à la même conclusion car, d'un geste autoritaire, elle poussa le père et sa fille hors de la chambre, puis revint vers le lit.

— Il est temps de vous reposer, mon petit, dit-elle en caressant légèrement les cheveux de Grace.

— Vous avez eu une infection, et votre organisme a besoin de récupérer. Ne vous laissez pas importuner par ce gaillard.

Tout en parlant, elle vérifia le pansement de Grace, et remonta le drap sur son corps.

Ainsi entourée et confortablement installée, Grace sombra dans le sommeil sans même s'en apercevoir.

3.

— Retire tes doigts ou je les coupe avec mes fraises.

Jack s'esquiva en riant devant le couteau de cuisine que Lily pointait vers lui, et il enfourna une autre fraise dans sa bouche.

Il savait que sa gouvernante l'aimait autant qu'il la chérissait, même s'ils n'avaient jamais, ni l'un ni l'autre, parlé de leurs sentiments réciproques.

— Si tu me coupes les doigts, je ne pourrai plus faire cela.

Il lui enlaça la taille et la fit décoller du sol, à la grande joie d'Emma.

— Lâche-moi ! cria la gouvernante en se débattant. Tu ferais mieux d'aller coucher ta fille qui est en train de s'exciter, au lieu de faire des sottises.

Jack la reposa à terre, chipa une autre fraise et s'adossa au plan de travail en la regardant préparer la salade de fruits.

— Tu travailles trop, Lily, tu devrais prendre des vacances.

Elle haussa les épaules et leva les yeux au ciel.

— Des vacances? Et qui ferait tourner la maison? Les repas n'arrivent pas sur la table par magie. Tes vêtements ne se lavent pas tout seuls. Et, à présent que je dois m'occuper de ta protégée, ce n'est pas le moment de partir en vacances!

Ce genre de réaction était monnaie courante. Jack avait beau lui répéter qu'il pouvait engager une personne pour l'aider ou la remplacer temporairement, Lily refusait d'en entendre parler.

Une seule fois, il s'était permis d'embaucher une jeune fille à temps partiel, sans tenir compte de son avis, mais Lily avait fait une telle vie à la nouvelle venue que celle-ci avait rendu son tablier au bout de deux jours. Depuis, Jack se contentait de taquiner sa gouvernante et de ne pas la surcharger de travail.

Tout fonctionnait parfaitement dans la maison jusqu'à l'arrivée de Grace Solarez. Pour éviter toute remarque, Jack avait nettement augmenté les gages de Lily, en dépit de ses protestations.

Il prit un jus d'orange dans le réfrigérateur.

— Comment va notre malade, aujourd'hui?

Lily haussa les épaules.

— Elle n'est pas bavarde. La plaie cicatrise bien, mais pour le moral, c'est autre chose.

Jack regarda Lily avec curiosité.

— Qu'est-ce que tu entends par là? Elle s'est confiée à toi?

— Non. Je te répète qu'elle parle très peu. Mais je n'ai pas besoin d'un dessin pour deviner qu'elle souffre. Je le lis dans ses yeux. Si ça se

44

trouve, sa peine est tellement intense qu'elle ne trouve pas de mots pour la traduire.

Il but une gorgée de jus d'orange et pensa au rapport d'enquête que Mike lui avait remis, le matin même, et qu'il s'était empressé de consulter. Un paragraphe avait retenu son attention : la fille de Grace Solarez, Marisa, avait été l'innocente victime d'une fusillade entre gangsters alors qu'elle attendait sa mère devant l'école.

L'enfant avait été tuée un an pile avant l'accident de la Porsche.

Jack grimaça et posa sa bouteille. La police n'avait guère progressé dans son enquête concernant le rapt d'Emma, et le rapport détaillé des détectives privés ne l'avait pas davantage éclairé sur le rôle exact que Grace Solarez avait pu jouer dans cette histoire.

La jeune femme était chez lui depuis cinq jours, et la raison de sa présence sur cette autoroute, la nuit de l'enlèvement — le soir de l'anniversaire de la mort de sa fille — demeurait une énigme.

— Combien de temps comptes-tu la retenir ici ? lui demanda Lily.

— Comment ça « la retenir » ? Elle n'est pas prisonnière.

— En es-tu certain ?

— Bien sûr !

— Pourtant, la dernière fois que je t'ai entendu lui parler, tu refusais de la laisser partir.

— Si tu avais vu son appartement, tu aurais réagi comme moi. Il est d'une tristesse inimaginable.

— Pourquoi ne lui apporterais-tu pas son dîner pour lui expliquer ça toi-même ? En plus, ça reposerait mes vieilles jambes. Elles n'en peuvent plus de monter l'escalier.

Elle lui tendit le plateau déjà prêt.

— Je crois que tes vieilles jambes te supporteront encore longtemps, dit-il en souriant.

Sur ces mots, il prit le plateau, tout en s'avouant qu'il était très content d'avoir l'occasion de parler avec Grace.

La porte de la chambre était ouverte. Il marqua un temps d'arrêt devant le spectacle surprenant qui s'offrait à lui.

La jeune femme était assise dans le rocking-chair, devant la fenêtre, les jambes repliées sous elle. Elle avait emprunté à Lily une djellaba dans laquelle elle flottait littéralement. Sa chevelure brune et mousseuse bouclait autour de son visage mélancolique.

N'importe quelle autre femme aurait été ridicule avec ce vêtement dix fois trop grand pour elle, mais, curieusement, il rehaussait la beauté exotique de Grace. Elle ressemblait à l'un de ces personnages dessinés à la plume dans les livres de contes que Lily avait rapportés d'Hawaii pour Emma.

Tout absorbée dans la contemplation du paysage, la jeune femme n'avait pas pris conscience de la présence de Jack. Il s'appuya à la porte et étudia son profil délicat, à la recherche de quelque indice révélateur sur la personnalité de cette mystérieuse beauté.

Après cinq jours de soins, son état physique s'était visiblement amélioré. Sa peau était lisse et reposée. Son teint ivoire avait retrouvé de l'éclat, et les cernes mauves sous ses yeux avaient disparu. Ses belles lèvres parfaitement dessinées étaient pleines et sensuelles.

La seule ombre au tableau, c'était son regard qui exprimait une détresse sans nom. Jack repensa à ce qu'avait dit Lily à propos des mots qui manquaient pour traduire un immense chagrin. Et lui-même, s'il perdait Emma, comment réagirait-il ?

Cette pensée lui fit tellement mal que l'air lui manqua. L'émotion qui lui nouait la gorge donna une tonalité inhabituelle à sa voix.

— Bonjour, Grace. Est-il prudent de vous lever ?

Elle tourna la tête vers lui et cligna des paupières, comme si elle sortait d'un rêve.

— Vous avez une vue imprenable, d'ici, dit-elle sans répondre à sa question.

Il s'avança dans la chambre et, par-dessus l'épaule de la jeune femme, il regarda le Sound. Le temps était particulièrement clair et, sous le ciel d'azur, la mer scintillait de mille nuances qu'émaillaient de points de couleurs toutes sortes de bateaux.

Jack avait eu un véritable coup de foudre pour ce site, dix ans auparavant. Il avait dix-sept ans, il ne savait plus où il en était, et il en voulait à la terre entière. En quelques heures, sa vie avait basculé. Le suicide de William Dugan, son père, l'avait littéralement laminé.

Il avait enfourché sa moto pour fuir le plus loin possible à travers le pays. Durant six jours, il avait roulé, roulé, d'est en ouest, et, une fois parvenu à la limite du continent, il s'était arrêté sur le pont qui enjambait le Puget Sound pour relier le continent à l'île Bainbridge.

Fasciné par la force et la beauté des eaux du Pacifique qui s'engouffraient dans le golfe niché au pied des collines verdoyantes, il avait décidé de s'installer ici. Brusquement, la vue des eaux sauvages et tumultueuses de l'océan avait drainé la douleur et la colère qui l'avaient jeté sur les routes. Les frais embruns l'avaient débarrassé des démons qui le hantaient. Sauvé par le Sound, il s'était senti prêt à renaître.

En héritage, son père ne lui avait laissé que des dettes qu'il avait mis des années à rembourser et, quand il en avait enfin vu la fin, son premier achat avait été ce lopin de terre sur Bainbridge Island où il avait fait bâtir sa villa.

— C'est vrai que c'est beau, murmura-t-il.

C'était en dessous de la vérité, mais il était incapable d'exprimer ce que le Sound représentait pour lui.

Il tendit son plateau à la jeune femme.

— Voici votre repas.

Il examina les différents plats.

— Voyons ce que Lily a préparé de bon, aujourd'hui. Potage, pain maison, salade de fruits, jus d'orange.

Grace regarda les victuailles en fronçant les sourcils.

— S'il vous plaît, dit-elle à Jack, remerciez-la pour moi, mais je n'ai pas très faim.

Jack posa le plateau sur le lit en hochant la tête d'un air contrarié.

— Il faut vous nourrir pour récupérer.

— Si je mange tout ce qu'il y a sur ce plateau, vous me laisserez rentrer chez moi ?

— Mais pourquoi êtes-vous si pressée ?

— J'ai envie de rentrer chez moi, c'est tout. Essayez de le comprendre sans vous en offenser. Certes, j'apprécie l'immense service que vous m'avez rendu en me soignant. Grâce à vous, je me sens beaucoup mieux, mais j'aimerais retrouver mon indépendance. Je ne suis pas habituée à rester... aussi longtemps sans rien faire. J'ai ma vie, moi aussi.

C'était faux. Son appartement était sans âme. Elle avait quitté son travail sur le port. Elle n'avait ni famille ni amis. Sa vie était vide, sans intérêt, sans amour. Son seul bien était les photographies de sa fille.

— Dites-vous que vous vous accordez quelques jours de vacances.

La jeune femme eut une moue d'impuissance.

— Pourquoi insistez-vous autant pour que je reste ?

— Je ne désire que votre bien. Et puis, je veux veiller à votre bon rétablissement.

— Pourquoi ?

— Vous avez été blessée en sauvant ma fille. Je ne pourrai jamais vous rendre l'équivalent de ce que vous avez fait pour elle et pour moi, alors permettez-moi au moins de vous choyer quelque temps.

La jeune femme eut un petit rire amer.

— Mais vous ne me devez rien, Dugan.

— Je vous dois tout, dit-il doucement.

Ses grands yeux sombres le dévisagèrent un moment, puis elle haussa les épaules.

— Bien. J'estime que vous m'avez largement remboursée en me traitant comme une reine, ces derniers jours. Je reconnais que ma blessure était sérieuse, mais je suis tirée d'affaire, maintenant. Raccompagnez-moi au ferry, et nous serons quittes.

Jack n'était pas de cet avis. Et, surtout, il ne voulait pas la laisser partir tant qu'il n'avait pas la preuve qu'elle n'était pas impliquée dans l'enlèvement de sa fille.

Jack était sûr et certain que le gangster qui avait kidnappé Emma avait un complice. Même s'il refusait de croire à la culpabilité de Grace Solarez, il ne voulait négliger aucune piste.

Il s'assit sur le lit en prenant garde de ne pas renverser le plateau.

— J'ai cru comprendre que vous aviez fait partie de la police ?

Le doux balancement du rocking-chair cessa immédiatement. Le visage de la jeune femme se figea dans une expression impénétrable.

— C'est du passé.

— Pas tant que cela ! Vous avez démissionné il y a un an.

— Vous êtes bien renseigné, dit-elle sèchement.

50

— Ce n'est pas un secret d'Etat.

Elle le regarda intensément.

— Comment m'avez-vous retrouvée ?

— La photographie.

— La photographie ?

Jack désigna le portrait de Marisa posé contre la lampe de chevet.

— Votre photo. Vous l'aviez perdue sur le lieu de l'accident. Nous avons pu identifier le parc, à l'arrière-plan : c'est le grand parc central de Seattle. Les détectives ont enquêté auprès de tous les magasins de photographie de la ville. Je commençais à perdre espoir quand nous sommes tombés sur un technicien de chez Photo Plus qui vous connaissait.

— Pham Leung.

— C'est ça.

— Vous n'aviez pas le droit de demander des renseignements sur moi.

— Sans doute, mais rien n'aurait pu m'arrêter. Je devais absolument vous retrouver.

— Bon, vous m'avez retrouvée, vous m'avez remise sur pied. A présent, rendez-moi ma liberté.

— Mais pourquoi refusez-vous mon aide ?

— Et vous, pourquoi me l'imposez-vous ?

Ils se toisaient d'un air farouche. Le courroux colorait les joues de la jeune femme, et ses grands yeux noirs lançaient des éclairs. Elle n'avait plus rien à voir avec cette femme pitoyable, sans ressort et sans énergie, que Jack avait prise pour une droguée, cinq jours auparavant. Il devinait même un corps ravissant sous les pans de son immense djellaba : une taille fine, des seins ronds et fermes.

Ces images firent monter en lui un flot de sensations incontrôlables. Son trouble le surprenait lui-même. Les femmes qui l'attiraient n'avaient généralement rien à voir avec Grace Solarez. Il aimait les grandes blondes élancées, élégantes et chic, plutôt genre femmes d'affaires, pas les petites brunes asociales aux cheveux en bataille.

Leur relation était déjà assez compliquée pour qu'il n'y ajoutât pas le désir et la séduction. Avec une détermination forcenée, il décida donc de freiner ses pulsions.

Son regard tomba sur la photographie près du lit.

— Je n'avais pas encore eu l'occasion de vous en parler, murmura-t-il, mais je suis vraiment désolé au sujet de votre fille.

A ces mots, toute marque d'agressivité s'effaça du visage de la jeune femme pour laisser place à une expression de douleur incommensurable. Ses traits s'affaissèrent, son regard s'éteignit. Aussitôt, Jack regretta d'avoir évoqué la disparition de la fillette. Si Grace avait voulu lui parler de sa fille, elle aurait abordé le sujet elle-même.

Elle se laissa aller contre le dossier du fauteuil, comme si son corps ne pouvait plus supporter le poids de son chagrin.

— Comment savez-vous... ? Oh, je vois : c'est Pham qui vous en a parlé.

Jack hocha la tête.

— C'est la raison pour laquelle vous avez quitté la police ?

Durant un moment, il crut qu'elle ne répondrait pas. Elle lui adressa un regard impénétrable, puis se plongea dans la contemplation des vagues qui battaient la digue.

Après un long silence, elle regarda de nouveau Jack.

— Je ne pouvais plus. J'avais trop de haine, trop de colère en moi. On m'a fait passer un examen psychiatrique à l'issue duquel il a été notifié que je représentais un danger pour les autres autant que pour moi, expliqua-t-elle d'un ton amer.

— Vous n'avez jamais eu l'idée de vous reconvertir dans le privé pour mener des enquêtes ?

— Pardon ?

Il lui aurait proposé de devenir cosmonaute qu'elle n'aurait pas eu l'air plus abasourdie.

— Avec votre expérience dans la police, vous feriez certainement un excellent détective privé.

Ce n'était pas la première fois qu'il songeait à proposer une mission à la jeune femme. Depuis le jour où il l'avait ramenée chez lui, l'idée lui trottait dans la tête. C'était la solution idéale : d'une part, il n'avait pas le cœur de renvoyer Grace dans son appartement sordide et, d'autre part, c'était un bon moyen de vérifier si elle avait ou non un lien avec le kidnappeur.

— Je suppose que vous savez que ma fille a été enlevée.

Jack guetta sa réaction, mais elle tourna vers lui un regard dénué d'émotion.

Ou bien elle se maîtrisait merveilleusement, ou bien elle était innocente, ce dont il était intimement persuadé.

Enfin, presque.

— Oui, répliqua-t-elle, votre gouvernante m'a tout raconté. Vous avez dû vivre un cauchemar.

Il sentit l'émotion le prendre à la gorge au souvenir de la lettre qu'il avait reçue à son bureau :

« 500 000 dollars. Ce n'est pas beaucoup pour la vie d'une enfant. »

Au début, il avait cru à une mauvaise plaisanterie, mais, moins d'une demi-heure plus tard, il avait reçu un coup de fil affolé du directeur de l'école qui le prévenait que sa fille avait disparu après la récréation. Quelqu'un était-il venu la chercher sans en informer la direction ?

— Oui, un vrai cauchemar, répondit-il simplement. Et, depuis, je vis dans l'angoisse d'une récidive.

— Et votre fille, comment a-t-elle réagi ? demanda Grace. Elle n'a pas été trop traumatisée ?

Il frissonnait encore de terreur en repensant à cette épouvantable journée.

Il croisa les jambes et prit une profonde inspiration.

— D'après les psychologues, elle n'a pas été trop choquée. Naturellement, on ne peut pas connaître les conséquences à long terme.

— En tout cas, elle a l'air bien dans sa peau.

Il fit oui de la tête. C'était la première fois qu'il parlait de tout cela à quelqu'un. Jusque-là, il avait été incapable d'aborder le sujet, même avec Lily ou Piper.

54

— Cette petite ne voit le mal nulle part. Je ne vais pas m'en plaindre, mais j'espère, au moins, que cette mésaventure lui aura appris à se méfier davantage des inconnus. Elle se jette dans les bras du premier venu comme s'il s'agissait de son meilleur ami. Rien d'étonnant à ce qu'elle soit montée dans une voiture sans la moindre inquiétude.

Instinctivement, il avait enfoncé son poing dans le couvre-lit. Quand il s'en aperçut, il se força à détendre ses doigts.

— Ces gangsters ont raté leur coup à cause de l'accident. Le problème, c'est qu'on ne les a pas retrouvés. J'espère qu'ils ne reviendront pas à la charge.

— Je l'espère aussi.

Jack profita de ce que la jeune femme était dans de bonnes dispositions pour lui parler de son projet.

— Je suis prêt à vous engager pour assurer la protection d'Emma.

— C'est pour me remercier que vous m'offrez ce travail, monsieur Dugan ?

— Sans doute en partie. J'ai appris que vous vous étiez distinguée dans la police, que vous aviez été détective durant quatre ans et que vous étiez un fin limier. Je trouve dommage que tous ces talents restent inexploités.

— Mes choix personnels ne vous regardent pas.

Elle avait retrouvé son ton cassant.

— Vous avez tout à fait raison. Ce qui me

regarde, en revanche, c'est la protection de ma fille.

— Très bien. Je connais des tas de gens beaucoup plus qualifiés que moi pour ce travail.

— Oui, mais je ne veux pas le confier à n'importe qui. Je suis prêt à faire le maximum pour renforcer la sécurité chez moi et dans mon entreprise.

— La Compagnie planétaire de fret, spécialisée dans l'import-export avec l'Extrême-Orient ?

Jack haussa les sourcils d'un air stupéfait.

— Je constate que vous aussi, vous avez vos informateurs.

— Lily. C'est une mine.

Il sourit.

— Vous devez lui être sympathique. En général, elle est plutôt dans votre genre : peu encline aux confidences.

Au lieu de lui rendre son sourire, la jeune femme continuait à le regarder d'un air grave, et il se demanda ce qui pourrait bien desserrer ses jolies lèvres.

Après quelques secondes de réflexion, il revint à sa proposition.

— Je suis prêt à bien vous rémunérer si vous acceptez ce travail.

Il avança un chiffre, et éprouva une certaine satisfaction en voyant Grace ouvrir de grands yeux.

— Et, bien sûr, vous serez logée et nourrie dans la mesure où l'essentiel de votre mission se déroulera sur place.

Elle secoua la tête.

— C'est une proposition fort généreuse, monsieur Dugan, mais je ne peux pas accepter.

— Pourquoi ?

Elle le regarda de haut.

— Vous voulez vraiment le savoir ?

— Bien sûr !

— J'étais inspecteur de police judiciaire, pas garde du corps. Assurer la sécurité d'une personne requiert des capacités particulières. De plus, ça ne m'intéresse pas.

Il examina son visage, son expression déterminée, la ligne implacable de sa mâchoire, la froideur obstinée de son regard.

— Prenez la soirée pour réfléchir, conclut-il en se levant. Et, si vous n'avez pas changé d'avis demain matin, je demanderai à Tiny Kihualani, notre chauffeur, de vous raccompagner chez vous.

Après son départ, Grace regarda tristement la chambre qui lui paraissait tout à coup grande et vide.

Elle s'emmitoufla dans la djellaba de Lily. Elle était obligée de reconnaître que Jack Dugan ne la laissait pas indifférente. Il y avait bien longtemps qu'un homme ne lui avait pas fait une telle impression. Elle sentait son cœur battre plus fort chaque fois qu'il lui souriait ou que ses yeux clairs se posaient sur elle, et cette réalité la surprenait énormément. Elle en était même un peu effrayée.

Raison de plus pour refuser sa proposition.

En dépit des arguments qu'elle lui avait opposés, elle savait qu'elle était apte à assurer la protection d'Emma. Comme Jack le lui avait fait remarquer à juste titre, elle avait mené suffisamment d'enquêtes pour savoir comment prévenir les crimes. D'ailleurs, il était arrivé à plusieurs reprises qu'on lui confiât la sécurité d'un homme politique ou d'une vedette du spectacle. Comparée à ce genre de mission, la protection de Jack Dugan et de sa fille était un jeu d'enfant.

Pourtant, dès demain matin, elle fuirait Jack Dugan et sa blondinette de fille ; elle quitterait cette maison trop pleine d'amour, de jouets d'enfant et de joie de vivre. Ce monde n'était plus le sien.

Des coups frappés à la porte la ramenèrent au présent. Elle serra les lèvres : elle ne se sentait pas la force d'assumer une nouvelle confrontation avec Dugan. A son grand soulagement, c'était Lily qui lui rendait visite.

— On vous demande au téléphone.

La jeune femme se redressa dans son rocking-chair.

— Ce doit être une erreur. Personne ne sait que je suis ici.

Lily haussa les épaules.

— C'est un homme. Voulez-vous que je l'expédie en lui disant que vous ne voulez pas lui parler ?

— Non, non. Passez-le moi.

Lily lui tendit le téléphone sans fil et s'effaça discrètement.

La jeune femme attendit d'être certaine que la

58

gouvernante était suffisamment éloignée pour parler.

— Allô ?

— Bon sang, Grace ! A quoi joues-tu ?

En reconnaissant cette voix familière, la jeune femme se détendit aussitôt.

— Oh, Riley, comme je suis contente de t'entendre !

Son ancien collègue étouffa un juron. Grace imaginait sans peine sa tenue débraillée, ses cheveux hirsutes, ses joues mal rasées.

Jean Riley était son ami, le seul être qui lui tînt lieu de famille. Six ans de travail en commun, d'abord sur le terrain, puis dans la PJ, les avaient soudés comme les doigts de la main. Riley disait même qu'ils étaient comme des « cerveaux clonés ». Ils n'avaient pas besoin de se parler pour deviner ce que l'autre avait en tête. C'était pour cette raison qu'ils ne pouvaient, en aucun cas, nouer des liens un tant soit peu romantiques.

Durant le cauchemar de ces douze derniers mois, Jean avait été la seule personne avec laquelle Grace fût restée en contact.

— Tu imagines le mal que j'ai eu à te trouver ? maugréa-t-il.

— Non...

Sans s'expliquer pourquoi, elle se sentit soudain affamée. Elle prit une fourchette et attaqua son dîner.

— ... Mais tu vas me raconter.

— Tu ne répondais plus au téléphone depuis une semaine. J'ai fini par me rendre chez toi.

Comme je ne t'ai pas trouvée, je suis allé sur les docks où tu fais ce boulot infect. Tu n'étais pas là-bas non plus. Je suis retournée chez toi, et j'ai fait la navette, comme ça, entre les deux, jusqu'à ce que ta voisine m'explique qu'un type t'avait transportée dans une voiture bizarre, alors que tu étais inanimée. Non mais, tu te rends compte ? Un étranger transporte une femme inconsciente dans sa voiture, et personne ne lève le petit doigt ! C'est n'importe quoi dans cette ville !

Elle s'installa plus confortablement dans son fauteuil, et cala le bol de salade de fruits entre ses genoux, tout en écoutant son vieil ami faire le triste bilan de la société actuelle.

Elle profita d'un instant où il faisait une pose pour lui demander :

— Comment m'as-tu retrouvée ?

Ce qui ramenait la conversation au sujet initial.

— Ta stupide voisine a quand même eu la présence d'esprit de relever le numéro de la voiture. Pourquoi n'a-t-elle pas prévenu la police ? Ça, ça reste un mystère pour moi. Il m'a fallu deux jours pour remonter jusqu'à Dugan... Que fais-tu chez cet individu, Grace ?

C'était une question à laquelle elle aurait bien voulu pouvoir répondre.

— Je te raconterai, dit-elle finalement. Tu voulais me dire quelque chose ?

Le silence s'installa. Un silence assez long pour qu'il en devînt gênant. Quand Jean reprit la parole, ce fut d'un ton penaud.

— Je me faisais du souci, reprit-il en s'éclaircissant la gorge, cette date anniversaire m'a fait froid dans le dos. J'avais peur que tu aies fait une bêtise.

« Comme te jeter sous une voiture. » Une fois de plus, elle lisait dans ses pensées. Et, comme, de son côté, il devinait les siennes, elle comprenait son inquiétude.

A présent qu'elle était confortablement assise dans la jolie chambre d'ami de Jack Dugan, un bol de salade de fruits sur les genoux, bercée par les vagues du golfe et les cris des mouettes dans le ciel pur, cette mémorable nuit de cauchemar lui semblait loin.

Elle ressentit même une profonde culpabilité pour sa faiblesse d'alors.

— Tu vas bien ?

— Oui, je vais bien, répondit-elle doucement. Et toi ?

— Oui, répondit Jean d'une voix rauque.

La jeune femme perçut l'émotion que contenait cette brève réponse, et s'en voulut doublement de ne pas avoir donné de nouvelles à son vieil ami. Elle aurait dû se douter que l'approche de cet anniversaire allait le plonger dans l'angoisse.

Jean avait aimé Marisa, lui aussi, et il avait parfaitement rempli son rôle d'oncle adoptif. Elle revoyait les fêtes de Noël, les randonnées à bicyclette, les pique-niques du dimanche.

Avant qu'elle ait eu le temps de formuler une excuse, Jean décida de changer de sujet.

— A présent, explique-moi un peu ce que tu fais chez Jack Dugan.

Son ton était brusquement devenu rude et suspicieux.

— Grace ! Tu ne vas pas me faire croire que tu fais cavalier seul sur ce coup-là !

Elle fronça les sourcils.

— De quoi parles-tu ?

— N'essaie pas de me doubler. Je te connais trop bien. Ce n'est certainement pas une coïncidence si tu habites chez le patron de la Compagnie planétaire de fret.

Le léger doute qui avait effleuré la jeune femme se confirma. Elle chercha à se débarrasser de son bol vide.

— Cela devrait me rappeler quelque chose ?

Il y eut un long silence, à l'autre bout de la ligne. Puis Jean jura doucement.

— Bon sang, tu n'es pas au courant ?

— Au courant de quoi ?

— La Compagnie planétaire de fret et ton ami Jack Dugan sont dans le collimateur des douaniers.

Grace frissonna.

— Pour quelle raison ? demanda-t-elle d'une voix blanche.

— Commerce illicite.

— De la drogue ?

— Non, pire. Des armes. Et pas n'importe lesquelles. Des mitraillettes.

Jean devait penser qu'il existait un lien entre elle et cette histoire, sinon il ne l'aurait pas suspectée de mener l'enquête chez Dugan. Mais elle était encore trop fébrile pour faire preuve de perspicacité.

— J'ai démissionné il y a un an, lui dit-elle. Quelles raisons aurais-je de m'intéresser à un trafic d'armes ?

La voix de Jean se fit aussi coupante qu'un rasoir.

— Faut-il que je te rafraîchisse la mémoire ? Des mitraillettes, Grace. La C.P.F. et Dugan sont soupçonnés d'être les principaux fournisseurs de la mafia en armes à tir automatique comme la AK-47, arme de prédilection d'un certain Spooky Laurence condamné à quinze ans de prison pour avoir attenté à la vie d'une fillette de onze ans nommée Marisa Solarez, au cours d'une fusillade entre gangs.

4.

Pendant un long moment, Grace demeura tétanisée par la révélation de Jean.

Trafiquant d'armes.

Avec son doux sourire et ses beaux yeux verts, ce gentil père de famille était un trafiquant d'armes !

La jeune femme était écœurée. Tout à coup, cette grande chambre claire lui paraissait hideuse.

— Grace ?

Elle cligna des yeux plusieurs fois et posa son bol sur la table avec d'infinies précautions car elle se sentait prête à défaillir.

— Grace ? Tout va bien ?

— Oui..., murmura-t-elle, je vais bien.

En réalité, elle revoyait avec une acuité effrayante le corps criblé de balles de sa petite fille, le ballet infernal des sirènes, le sang sur le trottoir, le transport à l'hôpital où Marisa devait mourir dans la nuit...

Depuis, Grace passait son temps à essayer d'effacer cette scène de cauchemar de sa mémoire pour ne conserver que celles du bonheur avec sa fille.

Vivre sans Marisa était déjà une torture, mais les mots de Riley venaient de faire resurgir les images horribles qu'elle avait si courageusement tenté de refouler.

Ce qui lui faisait peut-être le plus de mal, c'était le souvenir des derniers échanges qu'elle avait eus avec sa fille : ce n'étaient pas des mots d'amour mais de colère exaspérée. Marisa l'avait appelée au bureau pour lui annoncer qu'elle venait de rater son bus pour la troisième fois de la semaine.

— Tu viens me chercher ? avait-elle demandé d'une voix suppliante.

Grace, qui avait du travail par-dessus la tête — et notamment deux interrogatoires qui promettaient d'être délicats —, avait réagi avec impatience, reprochant à la fillette son irresponsabilité.

Puis elle avait fini par céder, mais elle était arrivée devant l'école cinq minutes trop tard.

Cinq minutes fatales qui avaient brisé sa vie.

Si elle ne s'était pas arrêtée pour acheter cette canette de Coca-Cola au distributeur de boissons et si elle n'avait pas plaisanté avec le sergent de garde, sa fille serait toujours vivante. Par une belle journée comme celle-ci, elles seraient toutes les deux en train de faire de la bicyclette sur la jetée.

Mais elle avait perdu du temps pour un Coca. Elle avait perdu du temps à taquiner le sergent pour son gros ventre et ses excès de nourriture.

Et elle n'était pas arrivée à temps pour arracher

sa fille à ce trottoir maudit où deux bandes rivales s'entretuaient pour des histoires de drogue.

En voyant les ambulances devant l'école, elle avait été prise de panique. Leurs gyrophares perçaient les ombres longues de la fin d'après-midi. Parmi la foule massée dans la cour de récréation, Grace avait reconnu le directeur de l'école, le professeur d'Education physique, et le grand blond boutonneux pour lequel Marisa avait le béguin. D'ailleurs, c'était probablement pour ses beaux yeux qu'elle avait raté le bus.

En découvrant la scène, la jeune femme avait tout de suite compris. Elle avait bondi de sa voiture, fendu la foule, pour voir l'intolérable : Marisa étendue dans son sang, le visage d'une pâleur mortelle.

— Tu es toujours là ? lui demanda Jean.

Perdue dans son cauchemar, elle n'avait pas entendu.

— Dis quelque chose, Gracie !

Devant l'inquiétude contenue dans la voix de son ami, Grace se ressaisit, mais elle dut serrer les dents pour reprendre la conversation à peu près normalement.

— Que... que veux-tu que je dise ?

— Hé, je ne sais pas. N'importe quoi. Mets-toi à ma place ! Tu sais bien que tu me fais peur quand tu fais ça.

— Je ne suis au courant de rien à propos de Dugan. Je suis sous le choc. Excuse-moi.

— Ce n'est pas à toi de t'excuser, répliqua Jean. C'est Dugan qui devrait se sentir mal. Crois-moi, Grace, si nous arrivons à prouver que c'est lui qui a armé le bras de ce vaurien de Spook, il le paiera cher.

Elle s'efforça de repousser ses souvenirs dans un coin de sa mémoire, et adopta un ton détaché, professionnel.

— Quelle est l'importance de ce trafic ? Qui travaille sur cette enquête ?

Il n'était pas utile que Jean se trouvât en face d'elle pour qu'elle imaginât son haussement d'épaules.

— Tout le monde. Les douanes, le FBI, le procureur de la République, nos services de Seattle.

Elle regarda le mouvement de l'eau.

— Il faudra compter avec moi.

Il renifla.

— Certainement pas. Trop risqué.

— Je suis directement concernée, Jean.

— Tu es trop impliquée.

— Pas toi ?

Il étouffa un juron.

— Sois raisonnable, Grace : tu as rendu ta plaque.

Pour la première fois en un an, Grace regretta sa décision. Il lui avait fallu des années de travail acharné pour obtenir cette médaille d'inspecteur. Comme elle avait été fière, le jour où le commissaire divisionnaire la lui avait remise ! Enfin, elle voyait se réaliser le rêve qu'elle caressait depuis sa plus tendre enfance.

Son père avait porté son uniforme de policier avec tellement de foi et de dignité. Edgar Solarez avait rempli son devoir jusqu'à lui sacrifier sa vie.

La vocation de la jeune femme était née le jour où le coéquipier de son père était venu à la maison annoncer qu'Edgar Solarez venait de mourir dans l'exercice de sa profession.

Après cela, Grace n'avait eu que deux passions : son métier et sa fille. Mais, depuis la disparition de Marisa, plus rien n'avait de sens, et elle avait rendu sa plaque sans la moindre émotion.

En ce moment, elle aurait donné n'importe quoi pour réintégrer la police et faire tomber Jack Dugan.

— Je ne demande pas à être sur l'affaire officiellement, mais je peux te fournir tous les renseignements dont tu as besoin. J'ai une position stratégique : je suis installée chez lui.

— Ce qui me ramène à ma première question : que fabriques-tu chez ce type ?

Grace se demanda comment elle allait lui raconter la façon dont elle avait rencontré Dugan.

— C'est une longue histoire. En tout cas, il se sent redevable envers moi. Tu sais que sa fille a été enlevée ?

— Bon sang ! C'était toi ?

Elle fronça les sourcils.

— J'étais au mauvais endroit au mauvais moment, c'est tout.

— C'est tout ? Mais tu es une super héroïne, Gracie !

— Arrête, Riley, s'il te plaît !

Ce n'était pas par héroïsme qu'elle avait agi, mais par lâcheté.

Afin d'éviter qu'il lui posât l'inévitable question concernant l'endroit où elle se trouvait le jour anniversaire de la mort de sa fille, elle revint au sujet de l'enquête.

— Quelle est la position de la police au sujet de cet enlèvement ?

Jean changea immédiatement de ton, et la jeune femme se laissa aller contre le dossier de son fauteuil en se félicitant de savoir encore à peu près comment fonctionnait son vieux camarade.

— D'après nous, il y a deux explications possibles : ou bien la marchandise n'a pas été livrée à temps, ou bien il a grugé l'un de ses clients.

— Et ils auraient kidnappé l'enfant pour faire pression ? Charmant ! Dugan s'est associé à des types qui ne reculent devant rien.

— Détrompe-toi. C'est là qu'il est très fort. On ne l'a jamais vu en compagnie de gangsters. Il vient de la côte Est, et il a monté son entreprise après avoir reçu une décoration comme pilote. Hormis quelques plaintes pour tapage nocturne quand il était étudiant et une rixe dans un café à l'époque de son service militaire, notre suspect est blanc comme neige.

— En tout cas, il sauve les apparences.

— Exact.

— Je le confondrai, Jean. Quand je suis en détachement spécial, je deviens redoutable. Tu le sais mieux que personne.

— Grace...

— Je suis chez lui. Et, en plus, il m'a demandé d'assurer sa sécurité. J'ai commencé par refuser, mais je peux retourner lui dire que j'ai changé d'avis. Fais-moi confiance : je suis la mieux placée pour vérifier ses allées et venues, savoir qui il rencontre, ce qu'il mange, la marque de ses chaussures, tout.

A l'autre bout du fil, le silence dura si longtemps que la jeune femme crut qu'ils avaient été coupés.

— Je n'aime pas ça, dit finalement Jean. D'une part, on me retirera l'enquête si on découvre ton plan ; d'autre part, tu risques toi-même très gros. Dugan n'est pas né de la dernière pluie. Au moindre doute, il n'hésitera pas à te supprimer.

— Comment veux-tu que les autres apprennent que nous travaillons ensemble si tu ne leur parles de rien ? Je serai ton seul et unique informateur. Quant à Dugan, il n'osera pas me toucher. Je te le répète : il se sent une dette envers moi. Il me voit uniquement comme la personne qui a sauvé sa fille.

— Bon, d'accord, dit Jean à contrecœur. Tu me fourniras toutes les informations au fur et à mesure. Mais je t'en prie, Grace, sois prudente.

— Ne crains rien, Jean.

Jack en était à sa troisième longueur de piscine. Chacune de ses brasses le propulsait loin devant lui, et plus ses muscles travaillaient, plus il sentait son corps se relâcher.

Il avait éteint les lumières extérieures pour ne conserver que celles du bassin qui dansaient sous l'eau turquoise, et il voyait les astres briller à travers la verrière, même si, ce soir, la lune jouait à cache-cache derrière les nuages.

La construction d'une piscine à l'intérieur de sa villa lui avait coûté une petite fortune, mais il ne le regrettait pas un seul instant. Le plaisir et la détente que lui procurait sa séance de natation quotidienne n'avaient pas de prix.

Le soir, une fois son travail terminé, quand Emma était couchée, il venait nager un long moment.

Aujourd'hui particulièrement, il se sentait tendu, épuisé. Il avait passé l'après-midi en dures négociations, en marchandages et en querelles. Heureusement, il avait obtenu gain de cause, et la C.P.F. avait gagné plusieurs millions de dollars en quelques heures.

Après la dixième longueur, il s'arrêta pour souffler, et s'allongea sur le dos, en se laissant flotter doucement au fil de l'eau et en essayant d'identifier les étoiles dans le ciel orageux.

Son bureau se trouvait à l'aéroport, sous les hangars de la C.P.F., mais, deux jours par semaine, il travaillait chez lui. Il détestait les contraintes administratives. C'était un homme d'action. Jamais il n'avait été aussi heureux qu'à l'époque où il pilotait son avion.

Mais il y avait Emma, et il avait dû faire un choix. Même si Lily s'occupait de la fillette comme l'aurait fait une mère, Jack n'avait pas le cœur d'abandonner sa fille plus de deux nuits par mois. Bébé, elle avait déjà tellement souffert de la mort de sa mère ! Aujourd'hui, elle avait davantage besoin de la présence de son père que lui des frissons que lui procuraient les pirouettes aériennes.

Jack avait eu lui-même une enfance extrêmement triste. Il ne connaissait que trop le sentiment d'angoisse d'un enfant qui grandit entre une gouvernante et un précepteur, la solitude lorsqu'on s'éveille en pleine nuit après un cauchemar et que personne ne vient vous consoler. Non, ce qu'il avait vécu, il ne le ferait pas vivre à sa fille, pour rien au monde.

Au cours des longues nuits qui avaient suivi le départ de Camille, il s'était retrouvé avec un bébé qui ne cessait de pleurer. Il avait alors fait le serment d'être toujours là quand sa fille aurait besoin de lui.

Cinq ans plus tard, c'était tout juste s'il parvenait à la quitter sans en ressentir de la culpabilité. Il s'inquiétait de ce qu'elle allait manger pour le déjeuner, il se demandait si elle était assez couverte pour sortir, si elle avait pensé à se laver les dents. C'était l'une des raisons qui l'avaient poussé à garder son bureau à la maison, et à construire cette piscine qui lui permettait de faire du sport sans avoir à sortir.

Il se retourna sur le ventre, et effectua quelques brasses jusqu'aux marches du petit bain. Puis, brusquement, une tache de couleur attira son attention.

Son invitée se tenait au bord du bassin. Elle portait toujours la djellaba de Lily.

Ses cheveux bouclés flottaient sur ses épaules.

Elle était pieds nus. Il ne put s'empêcher d'admirer la finesse de ses chevilles, la délicatesse de ses orteils, la couleur brune de sa peau.

En le voyant sortir de l'eau, elle releva la tête d'un air hautain.

— Je suis désolée, je ne voulais pas vous déranger, dit-elle avec froideur.

Jack fronça les sourcils en se demandant ce qu'il avait bien pu faire pour mériter une telle hostilité.

— Vous ne me dérangez pas le moins du monde, lui dit-il. J'allais rentrer.

Il gravit les marches et attrapa un épais drap de bain posé sur le dossier d'un transat en teck. Il s'essuya et noua la serviette autour de sa taille.

— Il est plus de minuit. Si vous voulez être en forme pour prendre votre ferry demain matin, vous feriez mieux d'aller vous coucher.

Elle enfouit les mains dans les poches de sa djellaba.

— Je ne suis pas assez fatiguée pour dormir. J'ai l'impression de ne faire que cela depuis un mois.

— Vous n'êtes pas prudente de vous aventurer de la sorte.

— Je ne pense pas que le fait d'aller de ma chambre dans la cuisine pour boire un verre de lait chaud représente une si grande aventure.

Elle avait beau dire, le léger tremblement de ses lèvres et la pâleur de ses joues trahissaient son état de faiblesse. Mais cette femme était têtue. Jack avait le sentiment que jamais elle ne s'avouerait fatiguée ou malade.

74

— Asseyez-vous quand même, lui dit-il.

Grace obtempéra, et il vint la rejoindre. A travers le toit de verre, il vit que les nuages avaient grossi dans le ciel et que des gouttes commençaient à rouler sur les vitres.

— C'est un bel endroit, murmura-t-elle.

— Pourquoi dites-vous ça d'un air dédaigneux ? Préféreriez-vous votre maison à la mienne, par hasard ?

— Rien ne vaut d'être chez soi.

— Oui, bien sûr, mais avouez que vous ne faites pas beaucoup d'efforts pour rendre votre appartement chaleureux.

— Les gens de mon milieu n'ont pas les moyens de s'offrir une piscine ou des planchers en chêne massif.

— Il y a cinquante ans à peine, on disait la même chose à propos de l'eau courante, et, aujourd'hui, regardez.

Elle leva les yeux vers lui, et il crut apercevoir l'esquisse d'un sourire au coin de ses lèvres. Mais elle se reprit dès qu'elle en eut conscience. Aussitôt, sa bouche se durcit, et elle tourna les yeux vers les lampes qui brillaient sous l'eau.

— J'ai appris que vous aviez reçu un coup de téléphone, aujourd'hui.

Elle lui glissa un regard en coin, et il essaya de deviner pourquoi elle semblait si mal à l'aise, tout à coup.

— Oui. Un collègue. Ou plutôt un ancien collègue, corrigea-t-elle. On travaillait ensemble à la PJ de Seattle.

— Tout va bien?

— Oui. Pourquoi?

Il haussa les épaules.

— Lily vous a trouvée bizarre, après ce coup de fil.

Elle soutint son regard interrogateur.

— Vous m'espionnez, Dugan?

— J'ai simplement demandé à Lily comment évoluait votre brûlure. Elle m'a répondu qu'elle était cicatrisée mais que vous aviez passé toute la soirée à faire les cent pas dans votre chambre et qu'elle s'était légèrement inquiétée pour vous, rien de plus.

— Il n'y a pas de quoi s'inquiéter. Je vais bien.

Elle marqua une pause et étira ses épaules, comme si la douleur se réveillait.

— Je... j'aimerais vous parler.

Jack haussa les sourcils d'un air surpris.

— Ah oui?

— J'ai réfléchi à votre proposition concernant ce travail. Si vous êtes toujours d'accord, j'accepte.

Jack plissa les yeux. Qu'est-ce qui l'avait fait changer d'avis? Cette volte-face était-elle en rapport avec le coup de téléphone qu'elle avait reçu?

Quand il l'avait quittée, un peu plus tôt dans la soirée, il était sûr et certain que rien ne la ferait changer d'avis, si bien qu'il s'était creusé la tête pour trouver une autre manière de la retenir.

Il la dévisagea. A part l'agitation presque imperceptible de ses mains, elle semblait plutôt calme. Il nota, néanmoins, une raideur dans ses épaules qui devait correspondre à son caractère volontaire.

— Votre décision est ferme et définitive ?

— Evidemment, répondit-elle sèchement. Pour qui me prenez-vous ?

— Vous étiez tellement opposée à cette idée, tout à l'heure ! Ce revirement me surprend, c'est tout.

Elle redressa le menton.

— Etes-vous prêt à me confier ce travail, oui ou non ?

Jack Dugan réprima son envie de rire devant une attitude aussi défensive. Mais, manifestement, Grace Solarez ne réagissait jamais comme on pouvait s'y attendre.

— Oui, j'y tiens, dit-il, bien que votre manque d'enthousiasme me laisse perplexe.

— Excusez-moi. Je ne suis pas très douée pour les ronds de jambe. Peut-être qu'à votre contact je finirai par apprendre.

Il sourit en pensant que, décidément, cette femme lui plaisait énormément, qu'il avait envie de caresser sa peau douce et d'embrasser sa jolie bouche.

— Ce travail est le vôtre. Vous commencerez quand vous vous sentirez prête.

— Qu'attendez-vous exactement de moi ?

La question était bien embarrassante. Il réfléchit un moment, mais il était incapable de lui donner une description précise de sa mission.

— Que vous protégiez Emma.

— De qui ?

— Si je le savais ! dit-il en soupirant.

— Vous ne vous connaissez pas d'ennemis ?

Il haussa les épaules.

— Non. A part mon personnel, en qui j'ai une totale confiance, et mes clients, je n'ai pas le temps de fréquenter grand monde.

— Très bien, Dugan. Je vais commencer par jeter un œil sur votre système d'alarme.

— Comme vous voudrez. Je m'en remets à votre expérience.

Il s'interrompit, de plus en plus intrigué par la mystérieuse personnalité de Grace Solarez. L'intimité de l'éclairage lui donna le courage d'aborder la question qui lui brûlait les lèvres.

— Il y a un point que j'aimerais éclaircir avec vous.

Grace le regarda d'un air méfiant.

— Lequel ?

— Que faisiez-vous sur le bord de l'autoroute, le soir de l'accident ?

A ces mots, elle se figea comme une statue, et ses yeux devinrent fixes dans son visage blême.

— Je n'étais pas sur l'autoroute : je me promenais dans le coin, tout simplement, répondit-elle d'une voix d'outre-tombe.

— Drôle d'endroit pour une promenade ! A part les champs et les plantations de pommiers, la région ne présente pas un grand intérêt.

— Il se trouve que j'adore les champs et les pommiers.

— Au milieu de la nuit ?

— Je roulais en voiture, sur une petite route

78

parallèle, Dugan. A ma connaissance, aucune loi ne l'interdit. De toute façon, je n'ai aucun compte à vous rendre. Et, si cela vous pose un problème, abandonnons l'idée de travailler ensemble.

Il était évident qu'elle cachait la vérité. Il n'était pas nécessaire d'être psychologue pour le deviner. Mais Jack eut la soudaine conviction que la raison pour laquelle elle se trouvait sur cette route, la nuit de l'accident, avait plus à voir avec sa fille à elle qu'avec Emma.

Cette nuit était celle de l'anniversaire de la mort de sa fille, et elle avait le droit de s'arranger avec sa douleur comme elle l'entendait, tout comme elle était en droit de conduire dans une région isolée, en pleine nuit, sans tenir compte de l'avis de personne.

Il revit son expression, chaque fois que ses yeux tombaient sur la photographie de la fillette aux yeux mutins, et il décida d'abandonner ce sujet afin de ne pas la torturer davantage.

— Vous devriez vous coucher. J'irai faire chauffer votre lait dans la cuisine. Je peux aussi vous préparer une tisane, si vous préférez ?

— Ce n'est pas la peine. Je peux m'occuper de moi toute seule.

Un tel esprit d'indépendance le fit sourire.

— Je n'en doute pas. Mais, pour une fois, vous pourriez laisser quelqu'un prendre soin de vous. Il n'y a aucun déshonneur à cela.

Elle le défia du regard, comme si elle avait été sur le point de protester, mais elle se contenta de hausser les épaules.

Il attendit de voir si elle se dirigeait vers sa chambre. Avant d'aller dans la cuisine, il retira son maillot de bain et enfila un jean et un T-shirt.

En arrivant dans la chambre de la jeune femme, chargé du même plateau qu'il avait utilisé pour lui porter son déjeuner, il fut surpris de la trouver assise dans le rocking-chair, le regard perdu dans la nuit. Les rideaux étaient ouverts, et les lumières de la ville se reflétaient dans l'eau.

Quand il lui présenta le plateau, elle hocha la tête.

— Je vais avoir du mal à me remettre à lacer mes chaussures toute seule, après avoir été ainsi gâtée par Lily et vous.

— Je vous fais entièrement confiance sur ce plan. Vous me faites plutôt l'effet d'être une femme qui tient par-dessus tout à son indépendance.

Sa remarque sembla la surprendre, mais elle ne fit aucun commentaire.

— En tout cas, merci pour la tisane, dit-elle après un silence, vous feriez un excellent garde-malade.

Il sourit.

— Ce compliment me va droit au cœur. Allez, à présent, buvez votre verveine et mettez-vous au lit comme une grande fille, pour rattraper le sommeil en retard.

— Merci, docteur.

Elle ne poursuivit pas sur le terrain de la riposte, et lui se força à détourner le regard des jolies lèvres qui effleuraient le liquide chaud.

— Je suis très content que vous ayez changé d'avis au sujet du travail, dit-il.

— Quand voulez-vous que je commence? Je me sens prête.

Il secoua la tête.

— Pas avant que vous ne soyez capable d'aller de votre chambre dans la cuisine sans avoir besoin de vous arrêter.

Elle le fustigea du regard.

— Vous vous faites des idées fausses à mon sujet, et notamment sur mon état de santé.

Il sourit de nouveau.

— Il n'y a pas d'urgence, de toute façon. Nous réglerons les détails quand vous serez complètement sur pied.

— Mais je suis en pleine forme! grommela-t-elle.

Sa phrase se termina par un bâillement qu'elle ne put contenir.

— O.K., comme vous voudrez. Pour le moment, dormez; nous en reparlerons plus tard.

Tout en quittant la chambre, Jack se dit qu'il avait encore beaucoup à découvrir sur cette femme impétueuse et imprévisible.

5.

Quatre jours s'étaient écoulés depuis cette rencontre avec Dugan au bord de la piscine. Grace se sentait piégée dans cette prison dorée. Par moments, l'air lui manquait tant elle était dorlotée, entourée et surtout gavée par la redoutable Lily.

Lily était une remarquable cuisinière, et la jeune femme avait pris au moins cinq kilos depuis son arrivée chez Dugan. Bien sûr, ça ne se voyait pas trop dans les volumineuses djellabas de Lily, mais il y avait des jours où la jeune femme avait l'impression qu'elle allait exploser.

C'était insensé, mais elle ne pouvait pas s'empêcher d'éprouver un sentiment de culpabilité en dégustant tous ces petits plats, comme si le fait de retrouver le goût de la nourriture avait été une trahison. Comment pouvait-elle éprouver du plaisir alors que son enfant avait quitté ce monde ?

Et puis, Lily ne se contentait pas de satisfaire ses papilles : c'était un véritable moulin à paroles. Chaque fois que Grace la croisait, rien ne pouvait interrompre la conversation de la grosse dame : entre les recettes de cuisine, les événements de la journée ou le roman d'amour qu'elle était en train de lire, Lily était intarissable.

Durant un an, Grace avait choisi de vivre dans le silence et la solitude d'un appartement sans âme. Aujourd'hui, Jack Dugan et sa gouvernante organisaient sa vie autrement et lui imposaient un climat de gaieté et de mouvement.

Grace n'avait qu'une envie : fuir, retourner à sa vie d'avant, dans son monde sans couleur où elle n'avait aucune autre préoccupation que son propre malheur.

Le pire, le plus douloureux, c'était la présence d'Emma. Elle avait envahi sa chambre, un quart d'heure plus tôt. Avec ses joues rondes, ses jolies boucles blondes et ses éclats de rire, la fillette était loin de se douter du supplice qu'elle faisait endurer à la jeune femme.

— Je te présente mon chien, Betty.

L'enfant serrait dans ses bras potelés une boule de poils blancs en peluche avec un gros nœud autour du cou.

— Je l'ai eu pour Noël, dit-elle fièrement. Je voulais un vrai chiot, mais le Père Noël m'a écrit une lettre pour m'expliquer qu'en attendant d'être plus grande pour en avoir un vrai il me trouvait assez responsable pour m'occuper d'un chien en peluche. C'est vrai que je suis responsable, ajouta-t-elle gravement : je lui ai donné à boire, à manger, et même un bain, mais papa m'a dit que j'allais l'abîmer si je la remettais dans l'eau.

Grace aurait voulu interdire l'accès de sa chambre à Emma et à son chien. Si elle s'était réfugiée dans la solitude, c'était surtout pour éviter les enfants et, quand elle entendait les bavardages de la petite Emma, il lui semblait que son cœur allait exploser.

Emma inclina la tête sur son épaule et fronça les sourcils en regardant Grace.

— Tu crois que le Père Noël m'apportera un vrai chien si je ne mets plus Betty dans le bain ?

Grace était à bout.

— Je ne sais pas. Peut-être..., répondit-elle.

En réalité, elle aurait voulu crier : « Va-t'en ! S'il te plaît, laisse-moi seule. »

— Je crois qu'il m'en apportera un. Il l'a promis. Et tu sais comment je l'appellerai ?

La jeune femme secoua la tête : elle ne trouvait plus la force de parler.

— Grace.

Le visage d'Emma rayonnait.

— Même si c'est un garçon. Parce que tu es ma meilleure amie au monde. Voilà pourquoi je veux l'appeler comme toi.

La jeune femme essaya d'inspirer profondément. Emma ne s'aperçut pas qu'elle suffoquait.

— Si le Père Noël m'offre un chien, tu pourras m'aider à le soigner et à le dresser pour qu'il me donne la patte et qu'il apporte ses pantoufles à papa?

La fillette fronça brusquement les sourcils et ajouta :

— Sauf que papa n'a pas de pantoufles. Mais peut-être qu'on pourra expliquer au bébé chien comment lui apporter ses tennis?

A l'époque où elle faisait partie de la police, Grace savait garder la tête froide en toutes circonstances. Jamais ses sentiments ne venaient interférer dans son travail. Avait-elle perdu cette capacité qui forçait l'admiration de ses collègues? Après tout, elle était en mission, ici. L'affection que lui portait la petite Emma ne devait pas la détourner de son objectif : amener Jack Dugan devant les tribunaux et lui faire payer ses crimes.

Elle n'avait vu Emma que deux fois, depuis le coup de téléphone de Jean, mais, chaque fois, la gamine utilisait tout son charme pour la séduire. Elle lui rappelait terriblement Marisa au même âge : ses jeux, ses expressions, ses bras potelés étaient les mêmes, si bien qu'en sa présence Grace perdait tous ses moyens.

— Et lui, c'est George.

Emma abandonna Betty sur le lit et reporta son attention vers une sorte de reptile aux allures de dinosaure en caoutchouc vert et jaune.

— Tu sais ce que c'est?

Grace essaya d'imaginer quelle serait la réaction de l'enfant si elle ignorait ses questions.

Emma se découragerait et finirait par renoncer. Mais c'eût été trop cruel vis-à-vis de cette innocente enfant. Emma n'était ni responsable de son malheur ni coupable des agissements de son père.

Elle s'éclaircit la gorge et regarda attentivement le jouet.

— Euh, c'est un lézard?

— Oui, à peu près.

L'enfant gloussa.

— C'est un gecko. On a plein de geckos dans notre maison de Hawaii. Ils courent partout sur les murs. J'essaie toujours d'attraper les petits, quand on va là-bas, pour en ramener ici parce qu'ils mangent tous les insectes. Mais je n'y arrive pas : ils sont trop rapides !

Le crime, apparemment, payait bien ! En plus de cette splendide villa équipée d'une somptueuse piscine avec vue imprenable sur le Sound, Jack Dugan possédait une maison à Hawaii !

— Tu as déjà attrapé un gecko? lui demanda Emma.

— Non. Je crois même que je n'en ai jamais vu, à part George.

— Si tu nous accompagnes à Hawaii, la prochaine fois, tu pourras m'aider à en capturer un, et je le ramènerai ici, dans ma chambre.

— Je ne pense pas que j'irai là-bas, dit Grace d'un ton à peu près naturel.

— Mais si, pourquoi pas ? La maison est sur la plage, et on va se baigner tous les jours. Papa m'aide à construire des châteaux énormes, et je joue avec Pookie, le petit-fils de Lily et Tiny. Dis, tu viendras ? Et puis, les geckos sont tellement gentils !

Elle descendit du lit et courut vers la porte.

— J'ai un livre qui raconte l'histoire d'un gecko. Je vais aller le chercher et tu me le liras.

Sa soudaine abscence plongea la pièce dans un silence pesant.

Grace réprima son envie de bondir sur la clé pour verrouiller la porte.

Elle alla se poster derrière la fenêtre. C'était le début de l'après-midi, mais le golfe était sombre et brumeux, à cause des pluies torrentielles qui s'étaient abattues depuis le matin. Quelques bateaux s'étaient quand même aventurés au large, en dépit du mauvais temps.

Devant le spectacle de l'eau qui encerclait l'île et la maison, la jeune femme se sentait encore plus prisonnière, même si elle savait que, toutes les heures, un ferry partait pour la ville.

Elle suivit des yeux une goutte de pluie qui roulait sur la vitre, puis Emma fit de nouveau irruption dans la chambre et la tira par le bras.

— Voilà, dit la fillette en lui tendant son livre.

La jeune femme prit le livre et s'assit dans le rocking-chair. Elle n'eut pas le temps de protester que la fillette était grimpée sur ses genoux et se tortillait dans tous les sens, à la recherche d'une position confortable.

En fermant les yeux, Grace aurait presque pu croire que ce poids léger et tiède était celui de Marisa qui, tout comme Emma, venait chaque soir dans ses bras réclamer une histoire, avec ses cheveux humides qui sentaient le shampooing.

— Alors, tu me la lis? demanda la fillette avec impatience.

— Excuse-moi.

Grace se força à revenir au présent et, sans beaucoup de conviction, se lança dans les aventures d'un courageux gecko qui n'hésitait pas à risquer sa vie pour sauver sa famille.

La jeune femme lisait de façon machinale, tout en se disant que c'était la dernière fois que cette situation se produisait. Elle allait faire savoir à Jack Dugan et à Lily que cette promiscuité forcée avec la fillette lui était insupportable et qu'à l'avenir elle leur demandait de la tenir éloignée. Faute de quoi, elle quitterait les lieux...

— Et tous les autres geckos applaudirent, marmonna-t-elle. Fin.

Emma regardait les images d'un air pensif.

— Je trouve que la famille du gecko ne faisait pas beaucoup attention, au début, tu ne trouves pas?

Grace s'apprêtait à répondre quand elle sentit la présence d'une tierce personne dans la pièce. Elle se retourna vivement et aperçut Jack qui était adossé au montant de la porte. Il les regardait avec une extrême tendresse.

Depuis combien de temps était-il là ? Avait-il senti le supplice que la jeune femme était en train d'endurer ?

— Papa ! s'exclama la fillette.

En un éclair, elle quitta les genoux de sa « meilleure amie au monde » pour se précipiter dans les bras de son père qui la souleva comme une plume. Il planta un baiser sonore sur sa joue rebondie, et plongea le nez dans son cou, ce qui provoqua des éclats de rire de la part de l'enfant.

Même un gangster pouvait être fou de sa fille, pensa Grace. Et pourtant, les armes qu'il vendait avaient servi à tuer la sienne !

Un nouvel assaut de haine fit tressaillir la jeune femme. Trop d'innocents payaient de leur vie à cause d'assassins comme Jack Dugan.

— Que faisais-tu, Petite Em chérie ?

— Grace et moi, on lisait l'histoire du gecko.

— Grace et toi ?

— Ben, oui. Papa, la prochaine fois qu'on ira dans notre maison d'Hawaii, elle viendra avec nous et elle m'attrapera un bébé gecko.

Il jeta un coup d'œil par-dessus la chevelure blonde de sa fille, et croisa le regard hostile de la jeune femme. L'idée qu'il pût penser qu'elle avait œuvré pour se faire inviter la gênait, mais elle n'en montra rien.

— Très bien, nous allons y réfléchir, dit-il sans quitter la jeune femme des yeux.

Mais Grace resta de marbre.

Jack reposa Emma sur ses pieds.

— Lily prépare ses brownies aux noix. Pourquoi ne vas-tu pas lécher le plat, pendant que je parle deux minutes avec Grace ?

— O.K., j'emmène Betty. Elle aussi, elle adore les brownies.

Joignant le geste à la parole, elle prit son chien en peluche et disparut dans le couloir.

Le calme revint dans la chambre, mais la seule présence de Jack suffit à faire battre le cœur de la jeune femme. Sa propre réaction la révoltait. Comment pouvait-elle à la fois haïr cet homme et être aussi sensible à son charme ?

De sa démarche nonchalante, il traversa la chambre et vint s'asseoir sur le bord du lit, les coudes posés sur ses genoux et les doigts croisés, comme s'il avait l'intention de rester un moment.

— Désolé, je n'ai pas été un hôte à la hauteur, ces derniers jours. J'ai eu un emploi du temps très chargé.

Après la fille, le père ! Grace ne se sentait pas du tout d'humeur à soutenir une conversation avec lui, surtout dans cette nouvelle tenue prêtée par Lily sous laquelle elle était nue car elle sortait de sa douche au moment où Emma était entrée en trombe.

Elle s'enfonça dans son rocking-chair et tira les bords du vêtement sur ses pieds en essayant de prendre un air dégagé. Après tout, il était temps de commencer cette enquête.

— Qu'est-ce qui vous donne autant de travail ? demanda-t-elle à Jack.

— Rien de plus que la routine. Une livraison provenant de Corée est restée bloquée en douane pour une histoire de signature, et je viens de passer les dernières vingt-quatre heures à tenter de calmer un client vert de rage tout en essayant de convaincre un fonctionnaire pointilleux de faire une petite entorse au règlement.

Se doutait-il qu'il était surveillé ? se demanda Grace. Et, pour lui, jusqu'où allait ce qu'il appelait une « petite entorse au règlement » ?

— C'est la première fois que vous avez des problèmes avec la douane ?

Il s'esclaffa.

— Non, pensez-vous !

— Vous en avez souvent ?

— Désignez-moi une seule personne travaillant dans le commerce international qui n'a pas de problème avec la douane. Oui, j'en ai eu, mais c'est de plus en plus rare. Avec les taxes que nous payons, la douane nous laisse en paix.

— Je ne me rends pas compte de la dimension de la C.P.F.

— Elle est suffisamment importante pour me donner la migraine, et, pourtant, elle n'a pas terminé sa croissance.

Il sourit.

— C'est la deuxième société de transport du nord-ouest des Etats-Unis, et j'aimerais qu'elle passe première d'ici l'année prochaine.

— On ne peut pas vous reprocher de manquer d'ambition, Dugan.

La rudesse de son propre ton la surprit. Avait-elle perdu son sens de la diplomatie, pendant cette année d'inactivité ? Si elle ne voulait pas éveiller la méfiance de Dugan, elle avait intérêt à mieux se contrôler.

Jack, qui, apparemment, n'avait rien remarqué, haussa les épaules.

— Au début j'étais loin de me douter que mon affaire prendrait une telle importance. J'ai démarré avec un ami. En quittant l'armée de l'air, j'avais racheté un vieil avion, un monomoteur d'occasion. Au début nous nous en servions pour faire du portage. C'était un moyen de joindre l'utile à l'agréable : moi, ce qui m'intéressait, c'était de piloter.

— Pourquoi n'êtes-vous pas resté dans l'armée ?

— Cela m'a pris plusieurs années, mais j'ai fini par m'apercevoir que je ne supportais pas de recevoir des ordres.

— Alors, vous avez démissionné pour voler de vos propres ailes, si je puis dire, en créant votre propre société : la Compagnie planétaire de fret. Si ce n'est pas un nom ambitieux, je me demande ce qu'il vous faut !

L'ironie de la jeune femme le fit sourire.

— Au départ, ce nom était une plaisanterie : nous n'avions qu'un client, un restaurateur de l'Utah qui projetait de cuisiner chaque jour du poisson frais. Le fait que nous le transportions à bord d'un vieux coucou sans ceinture de sécurité ni essuie-glaces était le cadet de ses soucis. Avec ce qu'il nous payait, nous avions à peine de quoi remplir le réservoir de gasoil, mais, sans que nous sachions trop pourquoi, notre petit business de poisson frais a rapidement intéressé beaucoup de monde et, en moins de six mois, nous avons été assaillis de commandes. Un jour, pendant que nous fêtions une livraison particulièrement importante, Piper et moi, nous avons joué sur les mots « frais » et « fret », et nous avons inventé la « Compagnie planétaire de fret ». La C.P.F. était née.

— Piper ?

— Piper McCall, mon partenaire. Vous ne tarderez pas à le croiser. Nous sommes inséparables.

Grace enregistra mentalement le nom pour le transmettre à Jean.

Jack poursuivit :

— En inventant ce nom, nous ne croyions pas si bien dire. Quelques mois plus tard, nous avons dû louer un 727 pour effectuer nos livraisons qui étaient devenues trop importantes et, rapidement, nous sommes passés du commerce local au commerce international. Ce n'était plus du poisson que nous transportions mais des ordinateurs. Nous avons commencé avec le Japon, puis nous avons développé notre activité à l'ensemble de l'Extrême-Orient. Aujourd'hui, notre société compte cent cinquante employés répartis dans trente-cinq pays différents, et...

Il s'interrompit brusquement et, à sa grande surprise, Grace crut le voir rougir.

— Je suis désolé. Je dois vous ennuyer. Quand je commence à parler de mon travail, je ne sais plus m'arrêter.

« Continuez, je vous en prie ; confiez-moi vos secrets », pensa-t-elle.

Mais il dut estimer qu'il en avait dit assez, car il s'éclaircit la voix et changea de sujet.

— Comment va votre dos ?

La jeune femme ravala sa déception.

— Bien.

— Lily m'a dit que c'était presque complètement cicatrisé.

Pourquoi lui posait-il la question, alors qu'il avait un compte rendu tous les jours ?

— C'est exact, dit-elle. D'ailleurs, j'appréclerais que, dorénavant, vous cessiez de me traiter comme une invalide et que vous me laissiez commencer mon travail.

— Je ne voudrais pas vous bousculer.

— Je suis parfaitement d'attaque, affirmat-elle.

« Et j'ai hâte d'aller vérifier sur place à quoi ressemblent vos affaires si fructueuses, Dugan. »

— Bien, dit-il. Nous allons commencer par vérifier le système d'alarme de la maison, comme vous le suggériez hier. Après, vous pourrez jeter un coup d'œil sur celui de la société.

Elle aurait préféré faire l'inverse, mais il eût été difficile de le proposer sans éveiller les soupçons de Dugan.

— Très bien, dit-elle. J'ai juste un petit problème.

— Lequel ?

Elle détestait attirer l'attention sur elle, mais, compte tenu de la situation, elle n'avait pas vraiment le choix.

— Je n'ai rien d'autre à me mettre que les djellabas de Lily.

Il pencha la tête sur le côté et l'examina de la tête aux pieds. Son regard de connaisseur s'attarda sur son cou délicat qui semblait perdu dans les plis du tissu, puis il descendit le long de ses épaules sur lesquelles le tissu glissait systématiquement.

Gênée par la lueur qui s'allumait dans ses yeux, Grace n'osa pas remettre le vêtement en place. Et, quand le regard vert de Jack vint se planter dans le sien, elle ressentit une étrange chaleur et un affolant bien-être.

— En tout cas, elles vous vont à merveille, murmura-t-il. Et puis, ce genre de tenue laisse libre cours à l'imagination, ajouta-t-il avec un sourire plein de sous-entendus.

Grace sentit un lent frisson de sensualité lui parcourir tout le corps. Mais cette sensation lui fit honte, et elle se ressaisit aussitôt.

— J'aimerais récupérer des vêtements chez moi, déclara-t-elle d'une voix neutre.

Jack la dévisagea encore un moment, puis hocha la tête.

— Bien sûr. J'aurais dû y penser plus tôt. Je vous accompagnerai après le dîner, et vous prendrez ce dont vous avez besoin.

— Inutile de vous déranger : je peux appeler un taxi.

— Mais non ! Emma adore prendre le ferry : elle sera ravie de venir avec nous. Dites-moi seulement quand vous serez prête.

« Il peut attendre longtemps ! » pensa Grace quand il eut quitté la chambre. Il était hors de question qu'elle prît le ferry avec Emma ! Encore une fois, elle se demanda comment elle allait faire pour s'acquitter de sa mission sans avoir constamment la fillette dans les jambes.

6.

La pluie cessa de tomber au moment où la voiture s'engageait sur le ferry. Il y avait toujours beaucoup de nuages, et le soleil couchant les traversait en les teintant d'un dégradé de couleurs entre le mauve et le pourpre. Jack aurait voulu le faire remarquer à Grace, mais son expression fermée l'en dissuada.

La jeune femme charmante avec laquelle il avait parlé dans la chambre n'existait plus. Assise à côté de lui, vêtue d'un sweat-shirt bleu pâle et d'un jean à lui bien trop grands pour elle, elle ne desserrait pas les dents, et son regard était ailleurs.

— Papa, on ira voir les sirènes ?

Jack jeta un coup d'œil à l'arrière de la voiture, et vit Emma se trémousser d'impatience.

Ils avaient l'habitude de regarder les sirènes du ferry : c'était un rituel, tout comme les baisers d'Esquimaux avant d'aller au lit et le rodéo dans la piscine.

— Dis papa, on ira les voir ?

— Nous le proposerons à Grace, répondit-il. Elle est notre invitée.

Mais, pour le moment, leur invitée avait l'air de quelqu'un qui aurait préféré avoir une jambe cassée plutôt que se trouver avec eux sur ce ferry en partance pour le centre-ville de Seattle.

Jack craignait que ce changement radical d'humeur n'eût été provoqué par le bavardage incessant d'Emma. Chaque fois que la petite lui adressait la parole, Grace soupirait, et répondait par monosyllabes sans jamais la regarder. Il était évident que la fillette l'agaçait.

La présence d'une enfant aussi volubile qu'Emma devait être une épreuve difficile à supporter pour une mère qui avait perdu sa fille. La façon dont elle se tenait raide quand elle lui lisait l'histoire du gecko n'avait pas échappé à Jack.

Le spectacle de sa souffrance l'attristait, et il aurait aimé pouvoir l'aider, mais sa froideur vis-à-vis d'Emma lui donnait envie d'être encore plus protecteur avec sa fille.

Emma était une enfant épanouie, extrêmement sociable, et il supportait mal l'idée que celle qu'elle considérait comme sa grande amie pût lui briser le cœur par son attitude froide et distante.

La propre mère d'Emma lui avait fait faux bond, mais Jack n'avait jamais blâmé Camille. Lorsqu'elle était tombée enceinte, ils avaient été aussi surpris et désemparés l'un que l'autre, mais Jack avait tenu à garder l'enfant. Il venait de démarrer sa société et Camille était pilote. C'était un véritable casse-cou, experte en acrobaties aériennes, qui n'avait accepté de rester au sol qu'à partir du sixième mois de grossesse, sur ordre du médecin.

En fait, Jack s'était aperçu trop tard que Camille n'avait que faire de cet enfant. Elle n'avait pas pu assumer à la fois sa carrière et son rôle de mère : c'était au-dessus de ses forces. Trois jours après la naissance de leur fille, Camille avait jeté l'éponge et renoncé à la vie de famille.

Même si Emma était petite au moment où sa mère l'avait abandonnée, Jack savait combien ce départ l'avait traumatisée, et jamais il ne laisserait une autre femme lui faire du mal, même si Grace avait ses raisons.

— Préférez-vous rester dans la voiture ou nous accompagner sur le pont ?

Tout en continuant à regarder droit devant elle, Grace répondit :

— Ça m'est égal.

Emma s'arrangea comme elle le put avec cette réponse.

— Tu vois, papa, Grace dit que ça lui est égal. Alors, allons-y. Je veux voir Ariel et ses sœurs.

Comment aurait-il pu refuser ? La fillette y croyait tellement ! Il regarda le profil de Grace, et décida de lui donner encore une chance.

— Faites comme vous voudrez, dit-il. Ne vous sentez pas obligée.

Il s'attendait à ce qu'elle restât dans la voiture, mais, à sa grande surprise, elle ouvrit la portière et descendit.

Pendant un moment, elle eut l'air perdu. Jusqu'à ce qu'Emma glissât la main dans la sienne.

— On va toujours voir Ariel quand on prend le

ferry, hein, papa? Tu l'as vu *La Petite Sirène*? C'est notre film préféré à papa et moi. On l'a vu des millions de fois.

Devant tant d'enthousiasme, Grace se détendit légèrement. L'expression de son visage s'adoucit et, au lieu de retirer sa main, elle haussa les sourcils d'un air surpris, en regardant Jack.

— *La Petite Sirène*? Bizarre : j'aurais imaginé que vous préfériez les films de Bruce Lee.

Il pouffa de rire parce que c'était justement le cas. Mais il se garda bien de l'avouer.

— Vous me jugez mal, dit-il. Mettez-moi devant un bon dessin animé avec un cornet de pop-corn, et je suis le plus heureux des hommes.

Sa plaisanterie fit presque sourire Grace, mais elle s'interdit de se laisser aller complètement.

Jack eut un soupir de désappointement. Cela finissait par devenir une obsession, ce désir de lui faire oublier son malheur, au moins le temps d'un sourire.

En tout cas, il avait encore un long chemin à faire avant d'y parvenir.

Emma les tenait tous les deux par la main lorsqu'ils gravirent les marches en métal qui conduisaient au pont. Le soleil enflammait la surface de l'eau. Au-dessus, les lumières de la ville s'allumaient une à une dans le crépuscule.

A cette heure, le ferry qui partait vers la ville était pratiquement vide. Hormis un groupe d'adolescents, ils étaient les seuls sur le pont du bateau.

Grace s'accouda à la rambarde et laissa le vent se prendre dans ses cheveux.

Deux kayaks croisèrent le ferry à bâbord, leurs pagaies effleurant à peine la surface de l'eau. La jeune femme les suivit des yeux jusqu'à ce qu'ils fussent hors de vue.

Jack s'amusait de voir Emma imiter Grace dans ses gestes et sa façon de se tenir : adossée au bastingage, le menton dressé, défiant les éléments. Elle ne parvenait pas à poser les coudes sur le bastingage, mais cela ne semblait guère lui poser de problèmes.

— Tu vois des sirènes, papa ?

Les deux mains en visière au-dessus des yeux, Jack examina avec attention les flots jusqu'à l'horizon.

— Pas encore. Et toi ?

La fillette copia les gestes de son père.

— Non. Je me demande où elles sont !

— Peut-être qu'elles font une fête au fond de la mer. Regarde s'il y a des confettis qui flottent à la surface de l'eau.

Emma pouffa de rire.

— Je ne vois rien. Et toi, Grace ?

Jack retint sa respiration, prêt à compenser le manque d'enthousiasme de la jeune femme. Mais, contrairement à ce qu'il craignait, Grace joua le jeu.

— Je ne vois rien de ce côté.

Elle s'interrompit, et regarda un point au-delà du bateau.

— Attends un peu : il y a du mouvement, là-bas... Ah, non, c'est un rondin de bois. Mais je continue à surveiller.

Jack se sentit immensément soulagé de voir qu'elle faisait preuve de bonne volonté. Et, comme il s'y attendait, Emma finit par se lasser de guetter les sirènes.

— Papa, tu peux m'acheter une surprise au distributeur ?

Jack fouilla dans sa poche et en sortit une pièce de monnaie qu'il tendit à la fillette.

— Une, c'est tout, ou bien Lily me tirera les oreilles.

Emma soupira.

— T'as qu'à pas lui dire.

— Si elle ne me le demande pas, je ne dirai rien, mais, si elle me pose la question, je serai bien obligé de lui répondre. Tu sais bien que je ne peux rien lui cacher.

Grace lui glissa un regard en coin : pour quelqu'un qui menait une double vie, il ne manquait pas d'audace ! Lily était loin d'imaginer à quel honteux commerce se livrait son patron chéri.

— Tu es raisonnable, n'est-ce pas, ma princesse ? dit-il en caressant la joue de sa fille.

— D'accord, papa.

La petite partit en courant vers le distributeur. Grace secoua la tête et leva les yeux au ciel.

— Vous trouvez ça raisonnable ?

Il se tourna vers elle.

— Quoi donc ?

— De la laisser partir seule comme ça.

— Elle n'est qu'à quelques mètres. On la voit d'ici.

— Oui, maintenant. Mais s'il y avait du monde sur le ferry ?

104

— Quand il y a du monde, je l'accompagne.

— Avez-vous conscience qu'elle pourrait échapper à votre attention et se faire enlever avant que vous n'ayez le temps de dire ouf ?

— Où voulez-vous qu'on l'emmène ? Nous sommes entourés d'eau !

— Un gangster qui a prévu d'enlever un enfant peut toujours le cacher au fond d'une voiture, le temps de la traversée : ça dure si peu de temps !

Jack en eut la chair de poule. Jusqu'à ce jour, il avait essayé de se convaincre que l'enlèvement d'Emma avait été l'effet d'un mauvais concours de circonstances, que sa fille s'était malencontreusement trouvée sur le chemin d'un ou de plusieurs malfaiteurs aux abois qui cherchaient seulement à protéger leur fuite.

Jamais il n'avait imaginé que le coup avait été préparé, même si les kidnappeurs avaient réclamé une rançon. Et puis, il n'imaginait pas que l'on pût en vouloir à son argent. Même si la C.P.F. était une société florissante, Seattle était peuplée d'industriels bien plus fortunés que lui.

Les enquêtes n'avaient rien révélé ni sur le mobile ni sur l'identité des gangsters. Le fait de ne pas pouvoir mettre un nom sur l'ordure qui avait kidnappé sa fille pour l'abandonner dans une voiture en feu le rendait fou de rage.

— Ce que vous me dites me fait froid dans le dos, admit-il.

Il ne quittait plus Emma des yeux.

— Elle ne va tout de même pas passer son temps avec un garde du corps ?

— Ce serait plus prudent. Du moins tant que les kidnappeurs ne sont pas sous les verrous.

— Ce doit être particulièrement pénible, à son âge, d'avoir tout le temps quelqu'un sur le dos.

— Ne dramatisons pas. Disons qu'il y a un minimum de précautions à prendre.

— Quel genre de précautions?

— Changer vos habitudes. Quand j'étais en fonction, je conseillais aux personnes qui se sentaient menacées de ne jamais prendre deux fois le même chemin pour rentrer chez elles. Vous, de ce côté, vous êtes désavantagé car vous habitez sur une île et il n'y a qu'une route. Mais vous pouvez changer vos horaires. Et puis, quand vous sortez avec Emma, efforcez-vous d'éviter la foule, et veillez à ne jamais la perdre de vue. Pas même une seconde.

— Si je comprends bien, je dois la tenir en laisse.

— Désolée, Dugan, mais je n'ai pas d'autres solutions à vous proposer. Vous m'avez engagée pour la protéger : je fais de mon mieux.

— Pourquoi ne seriez-vous pas son garde du corps? Elle vous aime beaucoup : ça se passerait très bien avec vous.

La jeune femme détourna les yeux, terrifiée par cette seule idée.

— Non, répondit-elle sèchement. Je ne suis pas formée pour ça.

— Pourtant, vous en êtes parfaitement capable.

— Bien sûr, mais je refuse.

Elle pria pour qu'il n'insistât pas. Elle n'avait

pas envie de se confier à lui, de lui expliquer que Marisa lui manquait au point qu'elle supportait difficilement la présence d'une autre enfant.

Elle avait soudain envie d'éclater en sanglots, et elle se méprisa pour cette faiblesse. Elle devait absolument se maîtriser, surtout en face de cet homme.

Le fait de se trouver sur ce bateau aggravait sa tristesse, car Marisa adorait la mer. Les dimanches de printemps, Jean les emmenait sur son bateau de pêche pour admirer les dauphins. Les jours de grand beau temps, en scrutant l'eau, il leur arrivait même de voir des baleines.

Grace aurait donné sa vie pour revivre une seule de ces journées.

Au lieu de cela, elle subissait la compagnie d'un marchand d'armes et d'une petite fille adorable dont la seule présence lui brisait le cœur.

Tel était l'état d'esprit de la jeune femme quand Emma revint en se cachant les mains derrière le dos.

— Devine ce que j'ai eu !

Jack, qui avait remarqué le trouble de Grace, intervint immédiatement.

— C'est... un éléphant ?

L'enfant roula des yeux malicieux.

— Non.

— Une nouvelle voiture ?

— Papa, tu plaisantes ?

— Je donne ma langue au chat.

— C'est un cadeau. Pour Grace.

Grace se sentit obligée de tourner la tête vers la fillette.

— Tu m'as donné quatre pièces, alors j'ai acheté deux surprises : une pour elle et une pour moi.

La fillette ouvrit alors ses petites mains potelées, et leur présenta deux bracelets de perles en plastique translucide et multicolore parfaitement identiques. Elle en tendit un à Grace.

— Regarde, c'est les bracelets de l'amitié.

— Je ne...

La jeune femme n'alla pas au bout de sa phrase. Les yeux un peu hagards, elle ne put que regarder le petit bijou de pacotille niché dans la paume de la fillette. Serait-elle assez monstrueuse pour la repousser ?

Elle avait l'impression que plus elle essayait de prendre ses distances avec Emma Dugan et son père, plus ils gagnaient du terrain.

— Merci beaucoup, dit-elle finalement en prenant le bracelet. Le rose et le violet sont justement mes couleurs préférées.

Un sourire ravi illumina le petit minois d'Emma.

— Ça alors ! Moi aussi ! Papa, tu peux nous les fermer, s'il te plaît ?

Grace ouvrit la bouche pour expliquer qu'elle se débrouillerait seule, mais, en sentant le regard de Jack posé sur elle, elle se sentit fondre, et bredouilla des mots incompréhensibles. Il lui prit doucement le bracelet des mains.

— Je peux le fermer moi-même, répéta-t-elle plus distinctement.

— Non, c'est impossible.

Son sourire insistant la désarçonna. Elle sentit son cœur battre presque douloureusement dans sa poitrine.

— Impossible ?

— Les fermoirs de ces bracelets sont si petits qu'il est impossible de s'en sortir seul. C'est la raison pour laquelle on les appelle bracelets de l'amitié : sans un ami pour vous aider, vous n'y arriveriez pas. Donnez-moi votre poignet.

Elle se mordit la lèvre, et céda à la demande de Jack.

Il releva délicatement la manche de son sweat-shirt et lui prit le poignet. Comme le bracelet avait été prévu pour un enfant, il lui fallut un certain temps pour parvenir à ses fins, bien qu'elle eût beaucoup maigri au cours de l'année.

Etait-ce un effet de son imagination ou la main de Jack s'attardait-elle sur la sienne plus longue-ment que cela eût été nécessaire ? Sa peau était chaude, et ce contact procura à Grace une sensa-tion étrange, mélange de bien-être et de sensualité.

Pendant qu'il penchait la tête au-dessus de sa main, elle sentit la fragrance de son eau de toilette, à la fois masculine et raffinée : un mélange de bois de santal et de pin semblable à l'odeur des séquoias qui entouraient sa villa.

Ses cheveux descendaient sur sa nuque bronzée. Elle se demanda s'ils étaient aussi doux qu'ils en avaient l'air.

La sirène du ferry rugit à cet instant pour leur signaler qu'ils arrivaient. Grace retira brusque-ment ses mains, comme si elle s'était brûlée, et les enfouit dans les poches de son jean trop grand. Mais, même ainsi, elle les sentait encore trembler.

Comment faisait-elle pour ne pas avoir honte de désirer un homme sans scrupules qui n'hésitait pas à vendre des armes pour s'enrichir ?

Elle se tourna vers les eaux sombres et huileuses du port qui roulaient sous le bateau. Pour la première fois en un an, elle sentait qu'elle avait un corps : elle se sentait vivante.

En atteignant l'immeuble où habitait Grace, Jack éprouva le même malaise que la première fois. La peinture qui partait en lambeaux, le terrain de jeux sordide, l'escalier rouillé, tout semblait à l'abandon.

— Je prends une valise : j'en ai pour cinq minutes, dit la jeune femme à voix basse.

Elle ne voulait pas réveiller Emma qui s'était endormie dès qu'ils étaient remontés dans la voiture.

— Prenez votre temps.

« Et toutes vos affaires », avait-il envie d'ajouter, parce que jamais je ne vous laisserai revenir dans ce trou à rats. »

— Vous ne pensez pas qu'elle va se réveiller ?

Il regarda vers la banquette arrière. La tête d'Emma avait roulé sur le côté. Elle dormait la bouche ouverte, ce qui ne semblait pas la déranger le moins du monde.

— Quand elle s'endort en voiture, je peux la porter jusqu'à la maison, lui enfiler son pyjama et la mettre au lit sans qu'elle bronche.

Les traits de Grace s'adoucirent, et elle eut un faible sourire.

— Marisa..., commença-t-elle.

Sa voix s'effaça comme si elle s'était laissé surprendre.

Elle s'éclaircit la gorge.

— Ma fille était pareille. Quand elle dormait, rien ne pouvait la réveiller.

C'était la première fois qu'elle lui parlait de sa fille.

Mais, aussitôt après, elle se précipita vers l'escalier sans lui laisser aucune chance de poursuivre la conversation.

Cette femme lui faisait penser à un cheval sauvage. A la minute où il croyait avoir gagné sa confiance, elle se débattait pour lui échapper.

« Pas cette fois », décida-t-il. Il descendit de voiture, ouvrit la portière arrière, et prit Emma dans ses bras en priant pour que l'enfant ne le fît pas mentir en se réveillant pendant qu'il montait chez Grace. La fillette bâilla et nicha sa tête au creux de l'épaule de son père.

Devant la porte de l'appartement, Jack ne se demanda pas s'il devait frapper ou non : il tourna machinalement la poignée de la porte qui n'était pas verrouillée. Mme le super flic était très forte pour donner des conseils aux autres, mais elle semblait moins vigilante quand il s'agissait de se protéger elle-même.

En entrant, il fut saisi du même effroi que lors de sa première visite. Le misérable logement exhalait une désagréable odeur de moisi, et l'ampoule qui pendait au plafond du living diffusait une lumière blafarde et désespérante.

Des bruits feutrés de pas et de mouvements provenaient de la pièce voisine. Jack allongea Emma sur l'horrible divan turquoise et jaune, et retira sa veste pour l'en couvrir.

La porte de la chambre était ouverte. Grace fouillait dans son armoire. Une valise était posée sur le lit.

Jack s'apprêtait à frapper pour signaler sa présence, mais il arrêta son geste en apercevant le visage de la jeune femme dans le miroir de l'armoire. Tandis qu'elle s'activait à trier des chaussettes, de grosses larmes roulaient sur ses joues pâles.

7.

Jack se sentit bouleversé. Le chagrin de Grace lui paraissait si profond qu'il jugea préférable de la laisser seule et de revenir dix minutes plus tard. D'autant plus qu'elle était trop pudique et trop fière pour supporter qu'il la vît pleurer.

Il allait se retirer dans le living quand elle sentit sa présence et releva brusquement la tête. Leurs regards se croisèrent dans le miroir. Si celui de Jack était désemparé, celui de Grace exprimait une vive méfiance.

Elle pivota sur elle-même. L'air farouche qu'elle affichait à travers ses larmes aurait fait sourire Jack en d'autres circonstances.

— Que faites-vous ici, Dugan?

Sa question le prit au dépourvu. S'il répondait qu'il venait aux nouvelles parce qu'il redoutait de la voir craquer, elle le prendrait mal.

Pour une raison qu'il ignorait, elle se défendait dès qu'il était prêt à lui offrir son soutien. Etait-il le seul à qui elle refusât aussi obstinément de montrer sa vulnérabilité?

Il enfonça les mains dans ses poches et fit comme s'il ne s'était rendu compte de rien.

— J'ai pensé que vous aviez besoin d'aide pour transporter vos bagages dans la voiture.

— Et moi, je pensais qu'un homme de votre classe avait la courtoisie de frapper avant d'entrer.

Cette fois, il ne put s'empêcher de sourire en entendant son ton sarcastique.

— C'est ce que je fais habituellement, mais, là, j'avais les mains prises.

— Comment ça ?

— Emma. Je l'ai portée jusqu'ici. Elle dort sur le canapé.

Elle dut prendre brusquement conscience de ses larmes, car elle ouvrit de grands yeux surpris et essuya ses joues contre son sweat-shirt.

Puis, avec des gestes rapides et maladroits, elle fourra une pile de vêtements dans sa valise.

— J'ai presque terminé, dit-elle. Attendez-moi dans l'autre pièce avec votre... avec Emma.

Elle avait du mal à dire « votre fille ».

— Grace..., commença Jack.

Il chercha ses mots, sans trop savoir ce qu'il voulait dire. Il n'était pas très doué dans ce domaine. Chez les Dugan, le devoir imposait de dominer ses émotions. William Dugan interdisait les éclats de rire, les exclamations, et, surtout, il bannissait les larmes.

Dès son plus jeune âge, Jack avait appris que toute attitude démonstrative lui valait la désapprobation silencieuse de son père.

Mais, au fil du temps, il s'était rendu compte que cette conduite était malsaine et dangereuse. Il avait découvert qu'à l'insu de tous sa mère noyait sa solitude dans un alcoolisme discret qui l'avait menée à la folie, puis à la mort.

Quant à son père...

Jack chassa l'image gravée dans sa mémoire au fer rouge et qui l'obséderait jusqu'à sa mort.

Au lieu d'assumer ses dettes et la mort de sa femme, William Dugan avait choisi la fuite. Assis à son grand bureau de chêne, il avait placé un revolver dans sa bouche et il avait tiré, tout en sachant que c'était son fils unique qui allait le découvrir.

Depuis ce jour, Jack s'était juré de ne plus laisser les autres souffrir en silence, mais de les aider autant qu'il le pourrait à panser leurs blessures.

— Vous n'aimeriez pas me parler d'elle ? demanda-t-il.

Grace lui jeta un regard stupéfait.

— Emma est une gentille petite fille, dit-elle. Assez avertie pour son âge. Elle est persuadée que le Père Noël va lui apporter un chiot si elle ne fait plus prendre de bain à son chien en peluche. Autant vous y préparer.

— Non, je ne voulais pas parler d'Emma mais de Marisa. Je vois bien que vous ne pensez qu'à elle.

Il avait osé le dire.

La réaction de la jeune femme fut celle à laquelle il s'attendait : elle tourna vers lui un visage de marbre, et se redressa en inspirant profondément.

— Non, je ne veux pas parler d'elle. Et, si cela devait m'arriver, je ne m'adresserais certainement pas à vous.

Elle claqua si violemment le couvercle de sa valise qu'il rebondit sur la serrure.

— Mais pourquoi ? demanda-t-il.

Sans le regarder, elle referma plus doucement sa valise.

— Parce que cela ne vous concerne pas. Restez en dehors de ma vie, Jack. C'est mon histoire. Ne vous en mêlez pas.

— Pourtant, ça pourrait vous soulager de parler d'elle.

— N'insistez pas, Dugan.

Il faillit abandonner. Elle avait raison : cela ne le regardait pas. Pourtant, il aurait tant voulu l'aider à retrouver un semblant de paix ! Elle avait tant fait pour lui. Jamais il n'oublierait qu'elle avait sauvé sa fille.

— Je n'ai aucune idée de la façon dont vous avez passé l'année, dit-il en pesant ses mots. Je ne l'imagine même pas, mais je sais qu'en se refermant sur sa douleur on peut finir par étouffer.

La même expression suspicieuse revint dans les yeux de la jeune femme.

Jack se demanda s'il allait lui raconter... Il éprouvait toujours autant de difficulté à évoquer ce terrible été au cours duquel il avait perdu sa famille.

— J'ai perdu mes parents à l'âge de dix-huit ans, dit-il brusquement. Ma mère était alcoolique, et elle est morte de démence précoce. Mon père ne l'a pas supporté : il s'est suicidé. Il s'est tué avec l'un de ses pistolets de collection. Il avait tout raté dans sa vie. Il ne m'a laissé que des dettes et le regret de n'avoir jamais pu parler avec lui des problèmes qui le minaient.

La jeune femme le regarda, stupéfaite. A le voir dans ses tenues à la fois élégantes et sportives, au volant de sa voiture de sport, Grace s'était fait une tout autre idée de son enfance et de sa jeunesse : elle l'imaginait choyé par une mère blonde et jolie, vivant dans une maison claire, fréquentant les meilleures écoles, pratiquant l'équitation et voyageant souvent en Europe.

— Pendant longtemps, j'ai refusé de parler de ce drame. Je pensais, comme vous, que mon passé n'appartenait qu'à moi, que personne ne pourrait me comprendre...

Il s'interrompit et la regarda dans les yeux.

— Au bout de deux ou trois ans, j'ai cru devenir fou. Tout en sachant que l'alcool avait tué ma mère, j'ai commencé à boire. Ma vie est devenue un enfer de dépendance et de solitude. J'errais de bistrots en boîtes de nuit. Je n'avais pas d'amis jusqu'au jour où j'ai rencontré Piper. C'est la première personne à qui j'ai pu me confier sans honte et, s'il ne m'avait pas aidé, je ne serais sans doute pas là aujourd'hui. C'est lui qui m'a appris à piloter et qui m'a rendu le goût de vivre.

En l'écoutant, Grace remarqua une ombre au fond de ses yeux qu'elle ne lui avait jamais vue. Etait-ce cette désillusion qui l'avait fait basculer dans la contrebande ? Elle n'avait pas envie de lui trouver d'excuse.

— Je suis désolée pour vos parents, Dugan, mais, en ce qui me concerne, l'heure n'est pas aux confidences. Ce n'est pas parce que vous avez vidé votre sac que je dois vous imiter. Ça ne fonctionne pas de cette façon.

La sécheresse de son ton l'impressionnait elle-même, mais elle se sentait incapable de faire preuve de douceur et de gentillesse.

Elle souleva sa valise et se dirigea vers la porte d'un pas décidé. Mais, au moment où elle passait devant Jack, il l'attrapa par le bras.

Comme elle était à bout de nerfs, elle ne prit pas le temps de réfléchir et réagit instinctivement : elle lâcha la valise, saisit le poignet de Jack et voulut le tordre.

Mais il réagit au quart de tour, et elle se sentit ridicule d'avoir pu penser qu'il voulait l'agresser.

— Je suis désolée, j'ai cru que...

— C'est ma faute : je vous ai poussée à bout. Heureusement, j'ai pratiqué le judo, moi aussi. Sinon, vous m'auriez facilement couché par terre.

— Vous croyez ?

— C'est bien ce que vous cherchiez à faire, n'est-ce pas ?

— Euh...

Sans vraiment savoir pourquoi, Grace fut prise d'une irrépressible envie de rire.

Ils s'esclaffèrent en même temps, et leurs rires résonnèrent dans l'appartement vide.

Quand elle s'aperçut qu'elle était dans ses bras, il était trop tard. Leurs corps étaient étroitement lovés l'un contre l'autre.

Au moment où elle posait les mains sur ses épaules pour s'écarter, Jack pencha la tête vers elle et posa très légèrement les lèvres sur les siennes.

L'effet de surprise empêcha Grace de se défendre contre une délicieuse sensation de bien-être. Elle sentit son corps fondre contre celui de Jack.

Depuis combien de temps n'avait-elle pas ressenti de telles émotions dans les bras d'un homme ?

Après sa passion d'adolescente qui s'était terminée par une grossesse alors qu'elle avait à peine seize ans, elle n'avait eu que deux ou trois aventures brèves et sans intérêt.

Entre sa carrière et sa fille, elle n'avait guère eu le temps de s'occuper de sa vie sentimentale, et son inexpérience faisait d'elle une proie facile pour un homme séduisant comme Jack Dugan. Comment résister à son magnifique regard vert, à son corps chaud et vivant contre le sien ?

Elle ferma les yeux.

Une fois, rien qu'une fois, se promit-elle.

Sa bouche était tiède et tendre. Elle avait goût de cannelle. Il déposait des baisers légers au coin de ses lèvres, et elle ne put s'empêcher d'y répondre avec ferveur.

En cet instant, tout ce qui lui restait de raison s'évanouit comme neige au soleil. Elle se blottit contre lui, et son propre gémissement de plaisir suffit à l'alerter du danger qu'elle courait.

Elle s'écarta de Jack en titubant.

A quoi pensait-elle ? Embrasser Jack Dugan ! Elle prenait du plaisir à le toucher et à caresser ses cheveux, lui, un hors-la-loi qui vendait des armes à ceux qui avaient tué sa fille !

Du dos de la main, elle s'essuya la bouche comme pour effacer son goût et son odeur.

— Qu'est-ce qui nous a pris ? murmura-t-elle.

Jack s'adossa au chambranle de la porte et croisa les bras : il était aussi calme et détendu que s'il sortait d'un sauna.

— Pendant un instant, nous avons cédé à l'attirance que nous éprouvons l'un pour l'autre, voilà ce qui nous est arrivé, dit-il. Ni plus ni moins.

— Je ne suis pas attirée par vous, répliqua-t-elle. Pas le moins du monde. En fait, vous n'êtes absolument pas mon type d'homme.

« Grace, Grace, calme-toi : tu en fais trop ! »

Elle serra les lèvres pour s'empêcher de parler.

Jack haussa les sourcils.

— C'est ma faute, alors ?

— Exactement.

Elle prit une profonde inspiration.

— C'est une erreur à ne pas renouveler. Jamais.

— Vraiment ?

— Oui.

Elle s'essuya les mains sur le jean qu'il lui avait prêté.

— Je suis sérieuse, Dugan. Je n'ai aucune envie de... d'avoir une relation avec vous. A vous de résister à cette « attirance », comme vous dites. Je ne peux pas le faire à votre place.

120

Pendant un moment, Jack l'examina attentivement, et, à sa grande surprise, il hocha la tête.

— Vous avez raison. Je ne sais pas ce qui m'a pris. J'espère que cela ne brisera pas notre amitié.

Elle faillit éclater de rire. De l'amitié ? Comme si ce genre de sentiment pouvait exister entre eux ! Elle était prête à reconnaître qu'elle s'était laissé séduire comme une adolescente, mais cela ne voulait absolument pas dire qu'elle éprouvât pour lui la moindre affection...

Durant les trois jours qui suivirent, elle fit tout pour l'éviter. Dès qu'il rentrait à la maison, elle s'enfermait dans sa chambre et n'en sortait que lorsqu'elle entendait sa voiture démarrer sous sa fenêtre.

Toutefois, elle avait du mal à oublier l'ardeur de leur baiser, la sensualité de ses gestes et le feu qui avait embrasé ses veines.

C'était surtout la nuit qu'elle y pensait. Durant des heures, elle se tournait et se retournait dans son grand lit de chêne, sans trouver le sommeil. Puis elle finissait par se lever et se postait devant la fenêtre.

Ce qui la rassurait, et l'effrayait en même temps, c'était de se sentir tellement vivante. Jamais elle ne se serait crue capable d'éprouver encore du désir pour un homme. Le malheur, c'était qu'il s'agisse de Dugan.

Le fait qu'elle fût attirée par celui qui avait armé l'assassin de sa fille était, à ses yeux, un vilain pied de nez du destin.

Le matin, le lever du soleil et le délicieux petit déjeuner préparé par Lily la délivraient de ses obsessions nocturnes. Et, quand elle y voyait plus clair, elle trouvait mille raisons de penser que ce baiser avait été une erreur.

Même si Dugan n'avait pas été coupable d'un crime, cela ne l'aurait pas empêché d'être le père d'une fillette de cinq ans qui, à elle seule, représentait une torture permanente pour son cœur meurtri.

De ce côté-là, toutefois, les choses semblaient évoluer : manifestement, la fillette s'était lassée de réclamer en vain l'attention de sa « meilleure amie au monde ». Grace ne l'avait pas vue depuis le matin précédent. Emma était venue lui demander de dessiner une sirène, mais Grace lui avait répondu qu'elle n'avait pas le temps. La petite était repartie sans insister.

Grace savait bien que ce n'était que partie remise, et qu'elle allait devoir affronter le père et la fille à un moment ou à un autre, car ce n'était pas en restant confinée dans sa chambre qu'elle ferait avancer l'enquête.

Du reste, elle n'avait pas l'habitude de baisser les bras aussi rapidement. L'époque où elle était une jeune fille soumise, qui acceptait tout sans discuter, était bien loin. Le jour où elle s'était retrouvée enceinte, seule et sans le moindre appui, après que tante Tia l'eut jetée dehors, elle s'était juré de se battre envers et contre tout.

Jusqu'à l'âge de huit ans, elle avait été une fillette irréprochable, pieuse et dévouée selon le désir de sa tante, Tia, qui l'avait recueillie quand elle était bébé. Sa mère était morte en couches, et elle n'avait gardé aucun souvenir de son père disparu accidentellement quand elle avait quelques mois.

Avec Tia, elle avait passé des heures et des heures à prier. Elle se confessait deux fois par semaine et allait à la messe le samedi et le dimanche. Il lui était interdit de sortir, de voir des amies, et surtout de regarder les garçons. Cette éducation rigide avait amené la petite Grace à se jeter dans les bras du premier venu...

Aujourd'hui, ce n'était pas parce qu'elle avait embrassé Jack que la terre allait s'arrêter de tourner. Elle agirait comme si rien ne s'était passé et, d'ici quelques semaines, elle aurait réuni toutes les preuves nécessaires pour mettre Dugan hors d'état de nuire.

Sous prétexte de vérifier le système de sécurité de la C.P.F., elle allait explorer la société dans ses moindres recoins : rencontrer les employés, éplucher tous les dossiers.

Forte de ces bonnes résolutions et bien décidée à résister aux tentatives de séduction de son nouvel employeur, Grace ouvrit la porte de sa chambre, et se retrouva nez à nez avec... Jack.

8.

Jack la retint par les mains. Sa peau était douce sous ses doigts, et il faillit oublier la promesse qu'il s'était faite de museler son désir.

Il fut surpris de la voir dans ses propres vêtements. Son tailleur pantalon de toile beige et son chemisier de soie paille mettaient en valeur sa silhouette mince et déliée. Elle avait discipliné ses cheveux dans un chignon qu'elle devait trouver plus professionnel. Jack réprima une folle envie de libérer ses boucles brunes autour de son visage dénué de maquillage.

Il laissa retomber les mains le long de son corps, et ferma les poings pour être bien sûr qu'il ne la toucherait pas.

— Où courez-vous si vite, ce matin ?

Elle recula d'un pas.

— Je partais à votre recherche.

— Vraiment ?

Elle détourna les yeux et enfonça les mains dans les poches de son tailleur. Jack se demanda si elle était aussi troublée que lui.

— Euh... oui. En vérifiant le système d'alarme

de votre villa, j'ai noté plusieurs détails dont j'aimerais vous parler.

— Ah bon ?

— Il faudrait envisager des modifications.

— Importantes ?

Elle eut une moue qu'il trouva irrésistible.

— A vrai dire, je suis étonnée que votre maison n'ait jamais été cambriolée. Les portes ne sont pas aux normes. Quant au système d'alarme, il n'est absolument pas adapté à la taille de la villa.

— Vous trouvez ?

— Vous devriez faire installer un système de surveillance vidéo tout autour de la maison, y compris sur le front de mer. Avec un hors-bord, n'importe qui peut rentrer ici comme dans un moulin.

« Et pourquoi pas des gardes avec des chiens ? » pensa Jack qui détestait l'idée de vivre dans une citadelle. Ce qui l'avait séduit dans cette île, c'était justement qu'il s'y sentait respirer. Il avait passé son enfance dans une maison entourée de hauts murs qui le coupaient du monde. Chaque visiteur devait montrer patte blanche avant de pouvoir franchir le grand portail en fer forgé. Sa maison de Bainbridge était l'opposé de cela. Il l'avait voulue claire et spacieuse, ouverte sur la mer et le ciel, pour que chacun, à commencer par lui, s'y sentît libre.

Toutefois, pour la sécurité d'Emma, il était prêt à tous les sacrifices.

— O.K., faites changer ce que vous jugez nécessaire. C'est pour ça que je vous ai engagée.

— Avant, j'aimerais vous soumettre mes projets.

— C'est inutile : vous avez toute ma confiance.

Les grands yeux noirs de la jeune femme s'assombrirent.

— Grosse erreur, Dugan : vous ne devriez faire confiance à personne.

Le cynisme qu'il lut dans ses yeux le troubla sans qu'il comprît le sens de cette mise en garde. Jack n'était pas du genre à s'en remettre à n'importe qui, mais, s'il décidait de croire en quelqu'un, c'était à la vie à la mort, et sans la moindre arrière-pensée. De toute façon, la vie aurait été un véritable calvaire s'il avait dû se méfier de tout le monde.

— N'êtes-vous pas un peu trop pessimiste ?

— Vous êtes un homme très riche. Vous devez faire des envieux.

— Très riche, n'exagérons rien !

— Personne n'a jamais tenté de vous soutirer de l'argent ?

Il pensa à Camille et à la pension alimentaire qu'elle avait réussi à obtenir après leur divorce.

— Si, murmura-t-il, c'est arrivé. Mais il ne faut pas généraliser. Je pense que la plupart des gens sont honnêtes. Ce n'est pas votre avis ?

— Absolument pas. Et je parle en connaissance de cause. Tout le monde joue un double jeu, Dugan, dit-elle en le regardant droit dans les yeux.

— Même vous ?

Une expression indéfinissable passa dans les yeux bruns de la jeune femme.

— Surtout moi.

Elle n'en dit pas plus, et Jack n'eut pas le temps de lui demander de préciser sa pensée car elle enchaîna :

— Aujourd'hui, j'aimerais que vous me fassiez visiter les bureaux de votre société. Si vous avez le temps, naturellement.

Jack passa en revue son emploi du temps de la journée. Il avait plusieurs rendez-vous, dont un très important avec un groupe coréen qui s'apprêtait à signer un contrat d'exclusivité avec la C.P.F. pour l'exportation de ses ordinateurs. En s'organisant, il pouvait consacrer la première heure de la matinée à la jeune femme. S'il n'avait pas le temps de tout lui montrer, ou s'il restait des points à éclaircir, il demanderait à Piper ou à Sidney de terminer la visite à sa place.

— Entendu. A condition de partir dans moins de quinze minutes.

— Je suis prête.

— Parfait. Je sors la voiture et je vous récupère devant la porte.

Les brumes matinales avaient laissé la place à un ciel tout bleu. Durant le trajet, la jeune femme se sentit soulagée de voir que Jack respectait son silence.

Une heure après leur départ, il garait la Jaguar sur le parking de la C.P.F.

Les bâtiments aux couleurs vives resplendissaient sous le soleil. La jeune femme fut surprise

128

que ce lieu, qui n'était autre que la plaque tournante d'un trafic d'armes, présentât un aspect aussi net, et même accueillant. Dugan excellait dans l'art de sauver les apparences.

— C'est magnifique, murmura-t-elle quand il vint ouvrir sa portière.

— Merci. J'avoue que j'en suis assez fier. Venez, je vais vous faire visiter.

Elle le suivit sous un immense hangar qui semblait encore plus grand lorsqu'on était à l'intérieur. Les murs étaient en métal et le sol en béton. Il abritait un avion rutilant, et un jet qui dégageait une odeur désagréable de carburant et d'huile. Quatre personnes — trois hommes et une femme —, vêtues de combinaisons de travail bleues, s'activaient autour de l'énorme appareil. Jack s'arrêta pour les saluer et leur donner quelques consignes. Grace en profita pour observer les lieux.

Les éclairages halogènes fixés au plafond baignaient l'espace d'une lumière blanche. Un homme sortit bientôt de l'un des bureaux entièrement vitrés qui longeaient le corps du bâtiment, et vint à leur rencontre.

Âgé d'une cinquantaine d'années, très élégant dans son costume de coupe italienne, le nouveau venu rappelait à Grace certains détectives qui s'efforçaient de paraître plus jeunes que leur âge.

— Jack, que s'est-il passé ?

L'homme secoua ses cheveux impeccablement coiffés qui reflétaient la lumière artificielle.

— D'habitude, tu arrives plus tôt. Syd te cherche partout.

Jack fronça les sourcils en consultant sa montre.

— Mon premier rendez-vous est dans une demi-heure : j'ai encore le temps.

— C'est ce que tu crois ! Les Coréens sont arrivés plus tôt que prévu. Ils attendent dans son bureau, et ça l'a mise de très mauvaise humeur. Elle n'est pas à prendre avec des pincettes, je te préviens !

Jack étouffa un juron, puis réfléchit un instant, et se tourna vers Grace.

— Je suis vraiment désolé. Je suis obligé de vous abandonner un moment. Je n'en ai pas pour longtemps.

— Ne vous inquiétez pas pour moi.

— Si vous n'avez pas envie d'attendre, vous pouvez prendre la voiture. Moi, je rentrerai en taxi.

Il prit les clés dans sa poche et les lui tendit.

— Je vous remercie, Dugan, mais je peux vous attendre. Je vais en profiter pour inspecter soigneusement les lieux.

Dugan était loin de se douter de la nature exacte de ses investigations.

— Comme vous voudrez, dit-il avec un sourire distrait.

— A tout à l'heure.

Tandis qu'il s'éloignait, il lança par-dessus son épaule :

— Adressez-vous à Piper si vous avez besoin d'informations. Ah, au fait, Piper, je te présente Grace Solarez. Grace, Piper McCall, mon associé. Il connaît la société comme sa poche.

Grace suivit Jack du regard, sans pouvoir s'empêcher d'admirer sa démarche féline. Puis, très vite, une petite voix intérieure lui rappela qu'elle était ici pour accomplir une mission bien précise, et elle se ressaisit immédiatement.

Elle se détourna, et croisa le regard bleu de Piper.

— Vous êtes donc la fameuse Grace ?

La jeune femme sursauta légèrement.

— Euh... je m'appelle Grace, mais...

— C'est vous qui avez sauvé la vie de notre petite Emma, n'est-ce pas ?

Grace se serait bien passée de cet élan de gratitude.

— J'ai agi comme n'importe qui l'aurait fait dans une situation semblable, marmonna-t-elle en espérant mettre un point final à cette embarrassante conversation.

Mais son interlocuteur ne tint aucun compte de son agacement et, sans trop savoir comment, elle se retrouva dans ses bras. Tandis qu'il l'étreignait chaleureusement, en signe de reconnaissance, elle crut défaillir sous l'effet du mélange d'eau de Cologne et de gel coiffant qui se dégageait de lui.

— Comment vous remercier ? Quand je pense à ce qui serait arrivé à notre petite princesse si vous n'étiez pas intervenue !

Il frémit, et elle en profita pour se libérer. Mais, en voyant des larmes dans ses yeux, elle fut prise d'un élan de sympathie pour cet homme visiblement sensible.

— Monsieur McCall...

— Piper. Tout le monde m'appelle Piper.

— Piper, je n'ai plus envie d'en parler.

— Cette petite fille est très importante pour nous tous. Et elle serait morte si vous ne vous étiez pas montrée aussi courageuse.

Son geste n'avait pas été un geste de courage, elle le savait. Si elle avait été réellement courageuse, elle n'aurait pas décidé de se tuer. Et elle n'aurait pas passé des jours et des nuits à se morfondre au fond de son lit, après la mort de Marisa.

— Je suis contente de m'être trouvée là, dit-elle simplement.

— Nous avons une immense dette envers vous. Sachez que vous pouvez nous demander n'importe quoi.

« J'ai seulement besoin que vous me laissiez en paix », pensa-t-elle très fort.

— Jack m'avait proposé de visiter vos locaux.

— Parfait. Eh bien, commençons par le hangar principal, puisque nous y sommes. C'est le bâtiment central : celui où siège notre administration.

Il était difficile d'orienter les recherches sans avoir la moindre piste. Pendant que Piper la guidait à travers les quatre hangars de la société, Grace enregistrait tous les détails possibles. Elle lut attentivement les annotations sur les marchandises stockées, observa les allées et venues des manutentionnaires qui les chargeaient et les déchargeaient.

Tout avait l'air parfaitement normal. Presque trop. La C.P.F. offrait tous les aspects d'une société parfaitement saine et organisée. Pourtant, quelque part dans cette structure bien huilée, il y avait un grain de sable, et Grace savait bien qu'elle finirait par le dénicher.

Une fois la visite terminée, elle demanderait à consulter la liste du personnel, et elle trouverait bien le moyen d'accéder au carnet de commandes et au livre de comptes.

Il était presque midi lorsqu'ils revinrent dans le hangar principal. Piper emmena la jeune femme dans un grand bureau rempli de meubles laqués noirs.

La cloison entièrement vitrée permettait de voir l'intérieur du hangar. Sur le mur opposé, un trompe-l'œil offrait un paysage tropical sous le soleil couchant. Grace avait du mal à imaginer Jack dans un décor aussi conventionnel.

— J'ai un rendez-vous dans deux minutes, dit Piper avec un sourire d'excuse. Voici le bureau de Jack. Voulez-vous l'attendre ici ? Je pense que sa réunion est sur le point de s'achever.

Grace était ravie de cette aubaine. Elle embrassa des yeux le territoire de Jack, et repéra immédiatement les dossiers suspendus, à droite du bureau.

— Pas de problème, dit-elle. Je l'attends.

— Bon, alors, à plus tard.

— Je vous en prie.

Sur ces mots, il la laissa seule dans le bureau, et Grace sentit son cœur battre très fort. Elle attendit un peu, pour se calmer, puis s'assit le plus naturellement possible dans le fauteuil de bureau, et composa le numéro de Jean.

Il répondit, comme toujours, d'un ton grognon.

— Quoi ?

— Devine d'où je t'appelle ? lui demanda-t-elle sans autre préliminaire.

— De la planète Mars.

— Ah, ah, très drôle ! Non, ce n'est pas aussi loin. C'est en rapport avec notre enquête.

— Je donne ma langue au chat.

— A l'instant où je te parle, je suis assise derrière un bureau d'ébène large comme un boulevard et, devant moi, il y a des dossiers qui me tendent les bras.

— La C.P.F. ?

— Gagné ! Je suis dans le bureau de Dugan.

— Toute seule ?

Elle roula des yeux surpris.

— Non, Dugan est assis devant moi, pendu à mes lèvres. Alors, qu'en dis-tu ?

Riley demeura silencieux pendant quelques secondes.

— Je dis que c'est bon d'entendre de nouveau ta voix. Elle me manquait, Gracie.

Sa remarque émut la jeune femme, et elle prit soudain conscience qu'il lui avait manqué, lui aussi. De même que leurs plaisanteries, leur complicité et leurs longues heures de travail, côte à côte.

La façon dont elle l'avait écarté de sa vie, durant cette année, la désolait. Son coéquipier ne l'avait pas laissée tomber pour autant : il avait multiplié les messages, bien qu'elle n'y répondît pratiquement jamais. Aujourd'hui, elle s'en voulait d'avoir négligé cette précieuse amitié.

Elle s'éclaircit la voix, et préféra changer de sujet.

— As-tu du nouveau de ton côté?

— Non, rien. Et toi?

— J'ai du mal à trouver mes marques. Je serais plus efficace si j'en savais davantage sur notre suspect. C'est pour ça que je t'appelle. J'ai besoin de quelques renseignements supplémentaires sur son trafic.

— Maintenant?

— Non. Dugan risque de revenir d'une minute à l'autre, et je ne voudrais pas qu'il me voie fouiner dans ses dossiers. Je préférerais qu'on se voie en fin de journée.

— Tu penses pouvoir t'échapper sans éveiller les soupçons?

— C'est mon patron, pas mon geôlier. Je suis libre d'aller et venir comme je l'entends. Je lui dirai que je vais faire des courses.

— S'il avale ton excuse, c'est qu'il te connaît mal. Il me paraît aussi difficile de croire que tu vas faire du shopping que de m'imaginer en danseur classique.

La jeune femme pouffa de rire. Jean avait raison : elle était allergique aux magasins.

— Bon, dit-il. Je te rejoins à Bainbridge à 19 heures. On en profitera pour dîner ensemble.

Il y eut un autre silence, puis, quand Riley reprit la parole, il avait l'air songeur.

— Ça me rappelle le bon vieux temps, dit-il. Tu te souviens, Gracie, quand nous étions sur une piste?

Grace sentit sa gorge se nouer. Elle regarda le mur, et les rais jaune orangé du soleil tropical.

— Oui, répondit-elle d'une voix sourde, je me souviens.

Elle était si troublée qu'elle n'entendit pas la porte s'ouvrir. Ce fut une voix féminine sèche et autoritaire qui la fit réagir.

— Qui vous a autorisée à vous installer ici?

9.

Grace fit un bond dans son fauteuil et leva vivement la tête. En face d'elle, perchée sur des talons d'au moins dix centimètres, une femme blonde en tailleur gris la fustigeait du regard.

— Euh, je dois te laisser, dit-elle à Jean. A ce soir. Je t'attendrai à 7 heures à l'arrivée du ferry.

Elle raccrocha et adressa un sourire forcé à la blonde furibonde qui la toisait du haut de son mètre soixante-quinze.

— Bonjour. Je ne pense pas que nous ayons été présentées, dit Grace.

Le visage de la femme se fit encore plus dur.

— Non, effectivement. Qui êtes-vous ? Et qui vous a permis de vous asseoir à cette place ?

La jeune femme réfléchissait à ce qu'elle allait répondre quand elle entendit deux voix d'hommes. Quelques secondes plus tard, Jack et Piper entraient dans le bureau.

— Grace, je suis désolé. Je ne pensais pas vous faire attendre aussi longtemps.

Jack lui adressa un sourire, et la jeune femme

en ressentit une singulière émotion. Durant l'heure qui venait de s'écouler, elle avait oublié son sourire dévastateur.

— Je vois que vous avez fait la connaissance de Sydney Benedict : moitié bouledogue, moitié génie de la finance, et la meilleure secrétaire de tout l'Etat de Washington.

Les lèvres impeccablement peintes du bouledogue esquissèrent un sourire irrité.

— Assistante de direction, précisa-t-elle.

— Exact. Assistante de direction. Excusez-moi.

Il sourit de nouveau, et Grace eut la nette impression qu'entre eux ce type de débat n'était pas nouveau.

— Sans elle, je serais perdu : elle connaît l'entreprise mieux que moi. Syd, voici Grace Solarez. C'est la jeune femme qui a sauvé la vie d'Emma.

Cette fois, Syd eut un sourire qui se voulait chaleureux.

— Je suis désolée. Vous auriez dû me dire tout de suite qui vous étiez. J'étais tellement surprise de trouver une personne étrangère assise au bureau de Jack.

C'était plus fort qu'elle : même ses paroles d'excuses sonnaient comme une accusation. Grace lui adressa à son tour un sourire contraint.

— Pas de problème.

Pourquoi Syd défendait-elle aussi farouche-ment le territoire de Jack ? Par excès de zèle ou parce que ce bureau contenait des secrets ?

— Comment s'est passée la réunion? demanda-t-elle à son patron.

Tout en parlant, elle avait tourné la tête, et Grace avait vu briller un diamant à son oreille. Jack Dugan payait-il royalement ses employés, ou Sydney Benedict avait-elle une fortune personnelle?

A moins qu'elle n'eût d'autres sources de revenus.

Dès ce soir, Grace demanderait à Jack s'il avait des informations sur le passé de son assistante.

— Difficile de faire des plans sur la comète, répondit Jack. Ils veulent réfléchir aux termes de notre contrat et nous revoir la semaine prochaine.

Une expression de surprise altéra les beaux traits de Sydney.

— Ils restent à Seattle jusqu'à la semaine prochaine?

— Non. Ils ont fait le voyage aux Etats-Unis à la fois pour le business et le plaisir, au moins en ce qui concerne M. Kim et ses fils. Ils partent à Hawaii — à Maui exactement — ce soir même pour jouer au golf. Les Kim sont des passionnés de golf. Je leur ai proposé de les retrouver là-bas ce week-end. Je ferai l'aller-retour en jet. Samedi soir, je les inviterai à dîner à Waikiki.

Grace n'en croyait pas ses oreilles. Comment imaginer qu'on pût faire l'aller-retour en jet privé jusqu'à Hawaii uniquement pour jouer au golf et dîner au restaurant avec des clients?

Sydney fronça les sourcils.

— Je ne vous le conseille pas. Vous devez partir pour Mexico jeudi prochain.

— Quelqu'un ira à ma place. En fait...

Son visage s'illumina.

— Je viens d'avoir une idée. Reportez tous mes rendez-vous de lundi. Je vais prévenir Emma que nous emmenons Grace afin qu'elle nous aide à attraper des geckos dans notre maison de Hali'ewa. Quant à Lily, elle ne demandera pas mieux que d'aller passer quelques jours chez elle voir son petit-fils. Nous pourrions partir demain ?

Il prenait la décision de l'emmener à Hawaii sans lui demander son avis ! Grace allait protester, mais Syd le fit à sa place.

— Jack, dit-elle d'un ton de reproche, vous ne pouvez pas nous abandonner comme ça du jour au lendemain. Vous êtes bien placé pour savoir que nous avons du pain sur la planche.

— Vous vous débrouillez très bien sans moi !

— Bien sûr, mais...

Jack n'attendit pas ses arguments.

— Piper, veux-tu nous accompagner et être mon copilote ? Il y a longtemps que tu n'as pas mis les pieds à Hawaii.

Grace remarqua alors une lumière étrange dans le regard bleu de Sydney Benedict.

— Très bien, dit cette dernière. J'essaierai de faire face toute seule, comme d'habitude.

Piper s'excusa du regard, et Grace eut l'impression qu'ils échangeaient un message

140

silencieux. Qu'est-ce que cette femme avait en tête ? Selon les apparences, elle était bien contente de rester seule. Etait-ce pour agir à sa guise ?

— Bon, d'accord, acquiesça Piper. Peut-être reverrai-je cette jolie serveuse du Prince Kuhio que j'ai rencontrée la dernière fois. Comment s'appelait-elle, déjà ? Kelly ?

— Comment veux-tu que je m'en souvienne ? rétorqua Jack. Je ne t'ai pas suivi dans tes escapades nocturnes !

Sydney se dirigea vers la porte.

— Dans ce cas, je ferais mieux de me dépêcher à changer vos rendez-vous et à préparer votre voyage. Piper, dois-je vous réserver une chambre à Waikiki ?

— Oui, s'il vous plaît. Essayez de m'en trouver une au Prince Kuhio.

— Je vais voir ce que je peux faire.

Piper suivit Sydney dans le couloir, tout en lui donnant d'autres noms d'hôtels où il eût aimé séjourner, au cas où le Prince Kuhio serait complet. L'important, pour lui, c'était d'être entouré de séduisantes serveuses.

Jack secoua la tête. Son ami était incorrigible.

Mais, en dehors de son goût exagéré pour les aventures d'un soir, Piper avait des qualités remarquables. En plus d'être un pilote exceptionnel, il était un collaborateur fiable à tous points de vue. Et Jack lui serait toujours reconnaissant de l'avoir soutenu sans faiblir à un moment particulièrement critique de sa vie. Les femmes étaient son point faible. Il était dépendant d'elles comme d'autres le sont de d'alcool, de la drogue ou du jeu.

Piper s'était marié à trois reprises pour divorcer, chaque fois, moins d'un an plus tard. Et, aujourd'hui, il sortait chaque semaine avec une femme différente.

A deux ou trois reprises, Jack avait tenté d'émettre un avis sur le sujet, mais son vieux copain avait fait mine de ne pas entendre.

Jack détourna son attention de Piper et posa les yeux sur Grace. Il devinait son mécontentement après la remarque désobligeante de Syd. Elle semblait si frêle et si perdue dans cet immense fauteuil de cuir !

Devant ses grands yeux pensifs, il songea qu'il l'avait peut-être prise de court en lui annonçant leur départ à Hawaii pour le lendemain.

— Excusez-moi, Grace, dit-il en s'appuyant contre le bureau, je ne vous ai même pas demandé si une demi-journée vous suffirait pour préparer vos bagages.

— Vous ne m'avez pas non plus demandé mon avis, lui fit-elle remarquer. Apparemment, vous n'avez pas douté un seul instant que j'accepterais de vous accompagner.

— Vous n'avez pas envie de venir ?

— Non.

— A Hawaii ? Le paradis tropical ? Du sable blanc, un ciel d'azur, de l'eau transparente, des

142

couchers de soleil uniques au monde... Qui refuserait un voyage à Hawaii ?

Elle le défia du regard.

— Moi.

— Pourquoi ?

— Je ne fais pas partie de la famille, Dugan. Je ne suis que votre employée.

Elle avait prononcé ces paroles lentement, en détachant chaque syllabe.

— Vous m'avez engagée pour assurer votre sécurité, dois-je vous le rappeler ?

— Et alors ? Tous mes employés ont droit à des vacances.

— Je n'ai pas besoin de vacances, Dugan. Et, de toute façon, ce n'est pas à vous de décider si je dois passer mes journées sur la plage, en maillot de bain !

Cette image de Grace allongée sur le sable, sa peau brune offerte au soleil, les vagues roulant à ses pieds, exacerba le désir de Jack.

Non seulement il avait très envie de profiter de la présence de Grace à Hawaii, mais il était convaincu que ce petit séjour sous les cocotiers la dépayserait de façon extrêmement bénéfique.

Mais, telle qu'il la connaissait, il savait qu'il n'avait aucune chance de la faire changer d'avis.

— Bon, dit-il, si vous n'aimez pas vous prélasser au soleil, je n'insiste pas. En tout cas, vous avez raison : je vous ai engagée pour assurer notre sécurité, et je me demande qui s'en chargera, là-bas, si vous ne venez pas. C'est d'autant plus dangereux que Hawaii est l'endroit rêvé pour accomplir un crime. Vous trouvez qu'ici mon système de sécurité est défaillant, mais vous devriez vérifier celui de Hali'ewa. Même un écureuil serait capable d'ouvrir les portes.

— J'aimerais penser que les écureuils n'en veulent pas à votre vie, répondit-elle sèchement.

— Ah, vous le prenez sur ce ton !

Il adorait son côté pince-sans-rire.

— Si jamais je suis attaqué par une bête féroce, je vous en rendrai responsable.

— Je vois clair dans votre jeu, et je ne marche pas, Dugan.

— Quel jeu ?

Il prit un air innocent.

— Vous inventez des arguments pour me faire changer d'avis.

— Pas du tout. Je suis sincère. J'ai besoin de vous à Hawaii, comme j'ai besoin de Piper et de Lily. D'ailleurs, vous voyez : ils ne se font pas prier. Ils sont même ravis de m'accompagner.

— En ce qui concerne Lily, c'est normal : elle ne va pas rater une occasion de voir sa famille. Et puis, de toute façon, elle vous suivrait partout les yeux fermés. Pour vous, c'est plus qu'une... une... Au fait, quel est son véritable statut ?

Il haussa les épaules.

— Gouvernante, nounou, grand-mère de substitution pour Emma. A vous de choisir.

— Peu importe. De toute façon, elle fait pratiquement partie de votre famille.

— Absolument. Savez-vous que j'ai acheté cette maison d'Hawaii pour elle ?

Grace ouvrit de grands yeux ébahis.

— Je ne vous mens pas. Lily et Tiny pourront y prendre leur retraite. En attendant, tous mes employés y sont les bienvenus.

— C'est très généreux de votre part, mais, en ce qui me concerne, c'est parfaitement inutile : je n'irai pas à Hawaii. Si vous avez besoin d'un service de sécurité, consultez l'annuaire !

— Si j'étais toi, j'irais.

— Ah ! tu ne vas pas t'y mettre, toi aussi !

Grace était en train de dîner avec Jean dans l'un de ces restaurants du port qu'il affectionnait tant. La nourriture y était grasse, l'odeur suffocante et la clientèle bruyante.

Un juke-box situé dans le coin de la salle jouait les rock and roll préférés de Riley qui, dès leur arrivée, avait glissé plusieurs pièces dans la machine. Sans qu'elle sût si c'était à cause du vin ou de l'atmosphère chaleureuse de l'endroit, la jeune femme sentit les larmes lui monter aux yeux.

Ou peut-être était-ce l'attitude de Jean qui achevait de la déstabiliser. En général, il était toujours d'accord avec elle. Et voilà qu'il abondait dans le sens de Dugan : un petit séjour au soleil ne pourrait que lui changer les idées ; ce n'était pas tous les jours qu'un patron se montrait aussi généreux, etc.

Le problème, c'était qu'elle n'avait aucune raison de passer une semaine de vacances avec une famille qui n'était pas la sienne.

Il lui était déjà difficile de garder ses distances avec Jack et sa fille dans la situation actuelle, mais l'idée de partager avec eux une semaine de paradis tropical dépassait le sens commun.

Jean termina son verre de bordeaux.

— Profite de l'occasion. A mon avis, tu ne le regretteras pas.

— Mais enfin, Jean! Quel plaisir prendrais-je à passer une semaine de vacances avec un criminel et sa petite famille? J'ai déjà tellement de mal à le supporter quand nous sommes ici!

Son mensonge la fit rougir, mais, heureusement pour elle, Jean était trop occupé à déguster son vin pour le remarquer.

— D'autant plus, ajouta-t-elle, qu'après son départ je pourrai mettre tranquillement le nez dans ses registres sans craindre d'être surprise. A présent, j'ai les codes de ses systèmes de sécurité, et je peux entrer comme chez moi dans ses deux bureaux : celui de la C.P.F. et celui de la maison.

Jean regarda la jeune femme en fronçant les sourcils.

— Ça relève de l'effraction. Tu sais que toute preuve obtenue de façon illégale peut être contestée.

146

La jeune femme poussa un soupir d'exaspération.

— Depuis quand t'arrêtes-tu à de telles considérations, Riley ? Suis-je chargée de l'espionner, oui ou non ?

— Si tu es prise la main dans le sac, ça peut te coûter cher.

— Je ne suis plus dans la police : je n'ai donc de comptes à rendre à personne. Mon but est de confondre Dugan ; c'est une affaire personnelle, et je ne reculerai devant rien pour le faire arrêter.

— Tu ne fais peut-être plus partie de la police, mais, moi, j'y suis encore, et j'aimerais y rester. Merci d'y penser. J'ai déjà désobéi au code en te mettant au courant des soupçons qui pesaient sur lui, alors ne complique pas la situation, je t'en prie !

— Mais qu'est-ce qui te prend ? rugit-elle. Depuis quand donnes-tu des leçons de morale ? Tu ne veux plus faire tomber Dugan ?

— Si. A condition qu'il soit réellement impliqué dans cette histoire de trafic d'armes, ce dont nous sommes loin d'être certains.

Grace eut l'air brusquement inquiète.

— Que veux-tu dire ? Qu'il n'est peut-être pas coupable ?

Jean détourna les yeux et mangea une frite en prenant tout son temps. Puis il s'essuya soigneusement la bouche et les mains avec sa serviette.

La jeune femme le connaissait assez pour

savoir ce que signifiaient ces petits rituels : ils se mettaient en place dès que Jean voulait fuir un sujet qui le dérangeait.

— Qu'est-ce que tu me caches, inspecteur Riley ?

Il bredouilla quelques phrases évasives, puis, devant l'insistance de la jeune femme, il finit par s'expliquer.

— Les douanes ont pris contact avec moi, aujourd'hui, aussitôt après ton coup de téléphone. Après consultation des autres services, il semble que Dugan ne soit pas impliqué dans cette affaire.

— Quoi ? Je serais restée chez lui pour rien ?

— Ce n'est pas ce que j'ai dit. La C.P.F. couvre un trafic d'armes, mais nous n'avons trouvé aucune preuve spécifique contre Jack Dugan.

Il y avait donc un espoir que Dugan fût innocent. Grace préféra ne pas se demander pour quelle raison elle ressentait soudain un tel soulagement. Le fait qu'il fût coupable ou non n'avait aucune espèce d'importance. Cet homme n'était rien pour elle. Absolument rien.

Elle but une gorgée d'eau, et déclara d'un ton parfaitement neutre :

— Dans ce cas, je n'ai plus aucune raison de perdre mon temps chez lui.

— Si. Tu as promis d'assurer leur sécurité. Ne serait-ce que pour cela, tu dois les accompagner, sa fille et lui.

— Tu recommences ! Excuse-moi, mais je ne te suis pas.

148

— Si Dugan n'est pas coupable, en tout cas, l'enlèvement de sa fille prouve qu'on lui en veut. Et l'endroit où il est le plus vulnérable, c'est justement sa villa de vacances.

— Mais, s'il n'a rien à voir avec ce trafic, pourquoi a-t-on cherché à enlever sa fille ?

— Qui sait ? On en voulait peut-être à son argent ? Ou alors c'était pour l'écarter, le temps qu'une charge importante arrive à destination ? En tout cas, si le kidnappeur veut recommencer, il le fera au moment où la famille Dugan se trouvera sans protection.

La jeune femme soupira. Si Jack était innocent, c'était criminel de les abandonner à leur sort, sa fille et lui. S'il leur arrivait malheur, elle ne se le pardonnerait jamais. Sa conscience n'était-elle pas déjà assez lourde, après ce qui était arrivé à Marisa ?

La voix grave de Riley la ramena au présent.

— Je ne vois pas ce qu'il y a de si terrible dans cette mission. Je peux te garantir que j'ai connu pire.

— Mais oui, c'est ça la solution ! Vas-y, toi.

Jean sourit.

— Ce serait avec plaisir, mais tu seras beaucoup plus jolie que moi, en Bikini.

Le regard noir qu'elle lui lança le fit éclater de rire.

— Allez, Gracie ! Ce sera excellent pour ta santé. Tu es pâle comme un linge. Un peu de soleil te fera le plus grand bien.

— Nous sommes à Seattle. Il y a des millions de personnes qui ont besoin de soleil.

Il termina son repas et ne revint plus sur le sujet. La jeune femme savait ce qu'il lui restait à faire, mais ses appréhensions demeuraient entières.

Ils quittèrent le restaurant, puis gagnèrent le parking.

Jean sortit ses clés de voiture, puis il prit la jeune femme dans ses bras, et lui planta un gros baiser sur la joue.

— J'ai été content de dîner avec toi, Gracie. Ça me rend jaloux comme un tigre, mais je pense que la compagnie de Dugan est ce qu'il y a de mieux pour ton moral. Tu es littéralement transformée.

— J'ai été contente de te voir, moi aussi, murmura-t-elle.

— Quand cette histoire avec la C.P.F. sera réglée, tu pourras peut-être reprendre ton poste. Ils n'ont mis personne à ta place, tu sais.

Un mois plus tôt, cette idée lui aurait semblé insensée.

— J'y réfléchirai, murmura-t-elle.

Il lui tapota amicalement l'épaule, et monta dans son pick-up dernier cri, équipé d'un impressionnant matériel stéréo. Le moteur démarra au quart de tour. Avant de partir, Riley baissa sa vitre.

— Bonnes vacances sous les tropiques ! lança-t-il par-dessus le grondement du moteur. Rapporte-moi une chemise hawaiienne pour que je ressemble à Magnum.

Elle pouffa de rire, et lui envoya un baiser

tandis qu'il s'éloignait, visiblement ravi du succès de sa plaisanterie.

Riley avait raison. Peut-être était-il temps pour elle de retourner travailler ? Mais cette idée était porteuse d'une grande culpabilité. Le travail, ça signifiait retrouver la vie, recommencer à éprouver des sentiments, à aimer...

En était-elle capable ? Le serait-elle jamais ?

10.

— Détendez-vous. J'ai fait cette route des milliers de fois.

Jack quitta des yeux le tableau de bord pour sourire à la jeune femme.

— Excusez-moi, je suis un peu nerveuse.

Un peu nerveuse, c'était un euphémisme. Elle était assise à l'extrême bord de son siège, très pâle, le dos raide et les mains crispées sur le dossier de Jack.

Personne d'autre dans le jet ne semblait se rendre compte que l'appareil décollait.

Emma et Tiny jouaient aux cartes. Lily était plongée dans un magazine, et Piper, à sa place de copilote, échangeait des plaisanteries avec les employés de la tour de contrôle.

Grace était seule avec son angoisse.

Jack lui souriait toujours.

— Je vais finir par croire que vous n'avez pas confiance en moi.

— Ne vous méprenez pas, Dugan : ça n'a rien à voir avec vous.

— Que se passe-t-il, alors ? Vous n'aimez pas l'avion ?

— Je ne sais pas. Je vous le dirai quand nous aurons atterri.

Les yeux de Jack s'arrondirent de surprise.

— Vous n'êtes jamais montée en avion ?

— Non, répondit-elle simplement.

— Sans rire ?

Il avait du mal à l'imaginer.

— Sans rire, répéta-t-elle.

Elle eut un petit sourire penaud.

— Terrifiant, n'est-ce pas ?

Il l'avait vue en larmes, en colère, glaciale et butée, mais jamais elle ne s'était montrée à lui sous cet aspect gauche et craintif. Cette vision le toucha, et il se sentit submergé par une immense vague de tendresse. Il se jura qu'il mettrait tout en œuvre pour lui faire aimer l'avion.

— Eh bien, dit-il, rien de tel pour mettre la pression sur le pilote ! Dans ces conditions, je me vois dans l'obligation de faire un parcours sans faute.

— Non, non, je vous en prie, faites comme si je n'étais pas là, sinon vous risquez de faire une fausse manœuvre.

— Ne vous inquiétez pas, reprit-il d'un ton rassurant, je vous laisse juger de mes compétences.

Il n'eut plus la possibilité de guetter les réactions de la jeune femme jusqu'à ce que l'avion eût atteint sa vitesse de croisière. Ils survolaient le Pacifique lorsque Jack mit le pilote automatique et tourna le cadran de contrôle en direction de Piper.

Il vint s'asseoir près de Grace, sur l'accoudoir de son fauteuil. La jeune femme semblait fascinée par l'immense étendue bleue au-dessous d'eux.

— Alors ? Quel est le verdict ?

— Incroyable !

Elle se tourna vers lui avec une expression enthousiaste.

— C'est magnifique. Au début, quand nous avons décollé, je n'arrivais plus à respirer, et j'ai vraiment cru que nous allions tous mourir. Puis, dès que nous avons pris de l'altitude, j'ai éprouvé une sensation que je ne connaissais pas. Comme une impression de puissance, de dominer les éléments. C'est difficile à expliquer. En tout cas, je trouve ça merveilleux ! Et je suis prête à renouveler l'expérience quand vous voulez. D'ailleurs, je...

Elle se tut brusquement, comme si elle avait honte d'exprimer son plaisir aussi librement. Gênée, elle détourna les yeux.

— Hum, vous ne retournez pas aux commandes ?

— Non, pas pour le moment. C'est l'avantage d'avoir un copilote. Je me réserve les manœuvres excitantes, comme décoller ou atterrir, puis Piper prend le relais pour garder le cap et surveiller l'altitude. C'est un peu moins amusant.

— C'est la façon dont vous fonctionnez, en général, Dugan ? Vous vous arrangez pour conserver le beau rôle ?

— Je vais rejoindre Piper dans une minute. Je voulais juste prendre des nouvelles de mes passagers.

— Tu sais quoi, papa?

En entendant cette petite voix, la jeune femme se rembrunit et tourna la tête vers le hublot. Jack en fut profondément meurtri. Combien de temps encore allait-elle conserver cette attitude de rejet envers Emma?

Il regarda sa fille avec un sourire distrait.

— Oui, ma princesse.

— J'ai encore gagné. Ça fait trois parties de suite que Tiny est le pouilleux!

Devant l'air suspicieux de Jack, Tiny se défendit.

— Je me suis défendu comme j'ai pu, mais elle est très forte.

L'enfant partit d'un éclat de rire victorieux en frappant dans ses mains.

— C'est Tiny le pouilleux! Je suis la plus forte.

— A mon avis, ajouta Tiny, elle voit à travers les cartes. C'est pour ça qu'elle gagne.

Jack adressa un clin d'œil à sa fille.

— Ah, tu t'es servie de ton rayon X : voilà l'explication! Combien de fois t'ai-je expliqué qu'il ne fallait pas l'utiliser avec de simples mortels?

Tout à sa joie, l'enfant pouvait à peine parler.

— Je n'ai pas de laser, papa, tu le sais bien!

Jack allait répondre lorsque l'avion commença à vaciller. La carlingue se mit à vibrer.

— Qu'est-ce que c'est?

Grace se retourna et planta ses ongles dans le bras de Jack.

Ses yeux étaient emplis de terreur.

Il serra ses doigts dans les siens. Il avait envie de la protéger, de la prendre dans ses bras, d'embrasser sa bouche irrésistible, là sous les yeux de Tiny, Lily, Emma... devant la terre entière.

Une secousse plus importante la rapprocha encore de lui. Il serra sa main un peu plus fort.

— Nous sommes dans une zone de turbulences. Ça arrive fréquemment. Ce n'est pas grave.

— On ne peut rien faire pour les arrêter ?

Jack rit doucement.

— J'aimerais posséder ce pouvoir. Je vais voir ce que je peux faire pour les amortir.

Il retourna dans le cockpit avec une étrange douleur au ventre. Le trouble que Grace Solarez éveillait en lui dépassait le simple désir physique. Pourtant, il savait à quoi s'en tenir avec cette femme qui avait tout perdu. Mais il était décidé à prendre soin d'elle et à tout faire pour l'aider à retrouver le goût de la vie.

La maison de Jack, située sur la côte nord de l'île, ne ressemblait pas du tout à ce que Grace avait imaginé.

Connaissant Jack Dugan, elle s'attendait à l'une de ces luxueuses villas modernes que l'on voit dans les magazines, remplies d'œuvres d'art et de meubles signés.

Il s'agissait, en fait, d'une vieille maison de

bois typique de la région, bâtie sur la plage et dotée de multiples fenêtres. Le salon était meublé simplement de gros divans recouverts de tissu exotique. Des tapis en sisal couvraient le dallage noir et blanc. La pièce donnait sur une véranda envahie de plantes grasses. Les murs blancs étaient décorés de peintures hawaiiennes aux motifs naïfs parfois très amusants, proches des bandes dessinées. Au fur et à mesure de la visite, la jeune femme sentit qu'elle se détendait, tant l'atmosphère était tranquille et sereine.

Lily la conduisit à sa chambre, pourvue d'une terrasse qui dominait la plage.

— Elle vous plaît ? demanda la gouvernante qui entrait à sa suite, les bras chargés de linge.

Grace remarqua que les traits de son visage s'étaient adoucis. Le retour au pays la rajeunissait. Grace la trouva belle, tout à coup. Belle et majestueuse.

— Il faudrait vraiment que je sois difficile ! Le cadre est féerique.

— Oui. Jack a le flair pour dénicher des endroits de rêve. Et ma maison est à moins d'un kilomètre d'ici.

— Nous sommes vraiment dans votre village natal, alors ?

— Oui. Jack a acheté cette maison en pensant à nous. Dès que j'aurai préparé les lits, je file embrasser mon petit-fils.

Elle posa sa pile de linge sur une chaise cannée, près de la baie vitrée, choisit une paire de draps en lin.

158

— Je vais faire mon lit, proposa Grace. Commença, vous serez libre plus vite.

Lily haussa ses épais sourcils noirs.

— Pas question ! Vous êtes invitée, ici.

Elle ne se sentait pas plus invitée que Lily, mais c'était certainement très difficile de le lui faire comprendre.

— Laissez-moi au moins vous aider, insista-t-elle.

Elle se plaça de l'autre côté du lit, et les deux femmes se mirent à l'ouvrage en silence. Chaque mouvement de la toile dégageait une fraîche odeur de savon.

Grace savait qu'elles étaient seules dans la maison. Piper s'était immédiatement rendu à Waikiki pour essayer de retrouver sa jeune serveuse, Tiny arrosait les plantations dans le jardin, et Emma et Jack étaient sur la plage.

Dès qu'ils étaient arrivés, Emma avait couru dehors prendre des nouvelles d'un mainate qu'elle tenait absolument à ramener dans la maison où l'attendait un perchoir installé exprès pour lui. Elle l'avait appelé M. Squawky, et elle s'était mis en tête de lui apprendre à dire bonjour.

— Jack vous a dit qu'il avait acheté cette maison pour Tiny et moi ? demanda soudain Lily.

— Oui, mais je ne savais pas si je devais le croire ou non.

— Il n'y a rien de plus vrai. Notre fille, Mikia, a eu un petit garçon, Pookie, qui va sur ses trois ans. Après sa naissance, le logement est devenu trop petit pour que je puisse continuer à leur rendre visite. Jack a donc acheté cette maison et, quatre ou cinq fois par an, il nous amène ici. Lui, il en profite pour décompresser un peu. Jack est un bon petit, vous savez.

Peut-être, mais Grace aurait trouvé plus généreux de leur verser une retraite bien méritée. Même en vacances, Tiny et Lily continuaient à servir M. Dugan.

— Pourquoi n'êtes-vous pas revenus vous installer ici, après la naissance de votre petit-fils ?

— Je n'aurais pas eu le cœur de laisser Jack et Emma ! Que seraient-ils devenus sans nous ?

« Jack aurait payé quelqu'un d'autre », pensa Grace. Mais elle eut honte de ces pensées négatives. Lily et Tiny étaient plus que de simples employés pour Jack. Eux-mêmes semblaient heureux de travailler chez lui.

— Mon mari et moi, nous nous sommes promis de rester avec Jack et Emma jusqu'au jour où ils n'auront plus besoin de nous.

— Plus besoin de vous ? Je ne comprends pas.

Lily tapota un oreiller.

— C'est une longue histoire.

— Ah bon ?

— Vous voulez la connaître ?

— Oui.

Grace s'assit sur le lit, et la gouvernante déplaça le linge pour pouvoir s'installer sur la chaise.

— Dans le temps, Tiny travaillait la canne à sucre. Il ne gagnait pas beaucoup d'argent, mais ça nous suffisait. Au bout de dix ans, les cours du sucre ont chuté. De nos jours, vous ne trouverez plus un seul pied de canne dans les îles. La plupart des gens d'ici ont perdu leur travail.

— Tiny aussi ?

Lily hocha la tête.

— Oui. Et il n'a jamais pu se recycler. Il n'était pas le seul dans ce cas. Heureusement, je travaillais comme infirmière à l'hôpital de Kahuku. On arrivait à s'en sortir, mais, pour un homme, c'est dur de devoir reconnaître que l'on n'est plus le soutien de sa famille. Alors, il s'est mis à boire.

Elle marqua une pause et regarda la mer.

— J'ai eu un problème à la hanche et, à mon tour, j'ai perdu mon emploi. On a traversé une mauvaise période. Tiny buvait de plus en plus et, un jour qu'il était ivre, il a essayé de dévaliser un militaire de l'aviation américaine. Mais il avait beaucoup trop bu pour réussir son coup.

— Jack ?

— Jack. Il était basé à Hickam. Il a pris Tiny la main dans le sac, alors qu'il était en train de forcer la portière de sa voiture. Et là, au lieu de l'emmener directement au poste de police, il lui a offert un café et un sandwich.

Cette histoire bouleversa Grace mais ne l'étonna qu'à moitié.

— Et il a offert à Tiny de travailler pour lui, d'assurer les travaux de bricolage dans son appartement. Ensuite, quand il a appris que Tiny avait une épouse et une fille à la maison, il m'a engagée comme cuisinière. Au moment où il a su qu'il devait revenir sur le continent, il a proposé de nous emmener avec lui et, bien sûr, on a accepté avec joie. Depuis, on s'occupe de lui comme s'il était notre fils.

Grace en conclut que Jack était spécialisé dans la récupération des âmes en perdition, mais elle se garda bien d'en faire la remarque.

Un homme doué d'une telle grandeur d'âme pouvait-il, en même temps, violer la loi pour de l'argent ?

— Je ne sais pas ce qu'on serait devenus, sans lui, poursuivit Lily. Et pourtant, à l'époque, il ne gagnait pas grand-chose.

La gouvernante se répandit encore en éloges pendant un bon moment. Grace avait quand même du mal à intégrer cette nouvelle image d'un Dugan bienfaiteur de l'humanité.

— Bon, je parle, je parle, mais je n'avance pas beaucoup, déclara finalement Lily, tout en se levant pour finir son travail. Lorsqu'elle déplia le dessus-de-lit, Grace fut émerveillée par les couleurs et la finesse de la broderie.

— C'est splendide.

— C'est un motif typique d'ici : une fleur chinoise.

— C'est fait main ?

— Bien sûr !

— C'est vous qui l'avez brodé ?

— Oui, il y a des années. Quand j'étais jeune fille.

— Je n'ai jamais vu des points aussi compliqués. Cela a dû vous prendre au moins un an !

Lily haussa ses larges épaules.

— Ce n'est pas si difficile. C'est le même principe que le canevas. Je peux vous montrer, si vous voulez.

— Oh oui, j'aimerais bien, dit Grace.

Elle était sincère, même si les travaux d'aiguille n'avaient jamais été son fort. Durant sa grossesse, elle avait essayé de tricoter des petits chaussons et un pull pour Marisa, mais elle n'avait pu les terminer ni l'un ni l'autre.

Tout lui semblait tellement différent, maintenant. Les couleurs chatoyantes et la fluidité du tissu la ramenaient à la vie, après le terrible vide de cette année.

— Bien, dit Lily. J'ai plusieurs pièces de tissu, ici. Je peux vous montrer un point dès ce soir.

La jeune femme se sentit soudain oppressée. Elle n'était plus du tout certaine d'être capable d'entreprendre quoi que ce fût.

— C'est gentil, Lily, mais attendons demain, si vous le voulez bien. Vous devez être fatiguée, après ce voyage.

Lily fixa sur elle ses grands yeux bruns. Grace frémit sous l'intensité de son regard perçant. Mais, très vite, le visage de la gouvernante retrouva toute sa douceur.

— Comme vous voulez, dit Lily. Demain, alors.

Elle allait prendre congé quand Emma entra en trombe dans la chambre, déposant de longues traînées de sable sur son passage. Elle tenait à la main un seau en plastique à moitié rempli d'un liquide à la couleur incertaine. Grace sentit tous ses muscles se tendre.

— Hé, Grace, devine ce qu'on a trouvé, papa et moi !

La jeune femme haussa les épaules.

La fillette n'attendit pas sa réponse.

— Trois crabes. Je peux t'en donner un, si tu veux.

Elle brandit le seau sous le nez de Grace qui aperçut, dans un mélange d'eau, d'algues et de sable, trois crabes minuscules qui tentaient désespérément d'escalader les parois du seau.

« Maman, regarde le petit chat que j'ai trouvé dans le jardin ! Je peux le garder ? »

Ce n'était plus Emma mais Marisa qui se tenait devant elle, du haut de ses cinq ans. Ses yeux brillaient d'excitation sur son petit visage bronzé. Elle tenait dans les bras un chaton qui se contorsionnait dans tous les sens.

Le chaton était ensuite devenu un énorme matou que Marisa avait appelé Gordo. Il dormait sur son oreiller, et se laissait patiemment habiller avec des vêtements de poupée.

Grace n'avait pas pu le garder, après la mort de sa fille, et elle avait fini par le donner à Jean.

— Tu en veux un ? proposa de nouveau Emma. Tu pourrais le mettre dans un bol avec un peu d'eau de mer.

— Non.

La réponse avait été sèche et cassante.

— Les crabes ne sont pas des animaux domestiques.

Le visage de l'enfant se figea.

— Oh, dit Emma doucement.

Grace regretta immédiatement sa dureté, mais elle ne trouva pas les mots pour s'excuser et rassurer la fillette. Son émotion était trop forte, trop violente.

— Grace a raison, ma chérie.

La jeune femme tourna la tête et découvrit Jack sur le pas de la porte. Il lui adressa un regard désapprobateur, puis vint s'agenouiller devant sa fille.

— Tu te souviens de ce que je t'ai dit sur la plage ? C'est bien de garder les crabes un moment pour les observer mais, ensuite, il faut les remettre dans le sable mouillé où ils sont plus heureux. C'est ce que nous allons faire maintenant.

— O.K.

Avec une moue de déception, la fillette suivit son père dans le couloir.

Grace resta seule avec ses remords.

11.

Le mythique lever de soleil hawaiien était à la hauteur de sa réputation.

Assise sur une natte en paille de riz qu'elle avait trouvée dans sa chambre, les pieds enfouis dans le sable poudreux, Grace assistait à un véritable festival de couleurs et de lumières qui changeaient au fur et à mesure que le soleil apparaissait à l'horizon.

La brise qui soufflait en permanence dans la région tirait les palmes des cocotiers vers le ciel, et s'engouffrait sous les feuillages de l'épaisse forêt voisine.

Sur cette partie de la côte, il n'y avait aucune autre maison que celle de Jack et, dans les feux de l'aurore, Grace avait l'impression d'être la seule personne vivante au monde.

L'océan dominait tout de son incomparable beauté. C'était un ravissement des sens. La jeune femme passait la langue sur ses lèvres, avec la sensation de boire les effluves marins, et se laissait bercer par le doux murmure des vagues.

Elle avait du mal à croire que ce fût le même

Pacifique qui battait les côtes de l'Etat de Washington. Cet océan-là semblait plus doux, plus clément, malgré les vagues légendaires qui faisaient la joie des surfeurs du monde entier.

Un léger pincement à l'orteil la fit tressaillir. C'était un petit crabe. Aussitôt cette vision lui rappela la scène de la veille au soir.

Le calme de l'océan, comme un baume, avait apaisé le sentiment de honte et de culpabilité qui l'avait tenue éveillée une partie de la nuit. Comment avait-elle pu se montrer aussi méchante et injuste avec une fillette de cinq ans qui ne faisait que lui offrir son amitié ?

Allait-elle passer le reste de ses jours à fuir les enfants, à faire preuve de cruauté envers eux ?

En revoyant l'expression douloureuse dans les grands yeux verts d'Emma et la désapprobation dans le regard de Jack, elle se sentit bien misérable, et comprit qu'elle devait absolument réagir.

Elle n'était ici que pour quelques jours. Emma était une enfant merveilleuse, toujours prête à faire plaisir, et elle ne méritait certainement pas d'être rejetée de cette façon. Grace n'avait pas le droit de lui faire payer son passé. Elle devait cesser de l'associer à Marisa.

Un léger bruit vint rompre le ronronnement de la mer. Etait-ce le glissement d'une baie vitrée ? En tournant la tête vers la maison, Grace aperçut Jack qui marchait sous la véranda.

L'idée qu'il pût venir troubler sa méditation solitaire lui déplut fortement. Elle n'avait envie de parler à personne, et surtout pas à lui. Peut-être n'avait-il pas remarqué sa présence, à cause de l'abondante végétation ? Elle s'adossa à un figuier dont le tronc ressemblait à un enchevêtrement de cordes.

Quelques minutes plus tard, Jack arriva sur la plage en short de surfeur, une planche aux couleurs fluorescentes sous le bras.

Au grand soulagement de la jeune femme, il ne sembla pas la voir. Il fila directement sur la grève et entra dans l'eau. Il resta là un bon moment, à examiner le large, sa silhouette athlétique dressée contre le soleil levant.

Grace repensa au moment où il était arrivé chez elle, la première fois. Avec son teint hâlé et ses cheveux décolorés par le soleil, elle l'avait pris pour un surfeur. Elle avait vu juste, mais elle était loin de se douter qu'un jour, assise sur une plage d'Hawaii, elle le regarderait affronter les vagues.

Jack offrit son visage au soleil une dernière fois, et avança dans la mer. Quand l'eau fut assez profonde, il se lança à plat ventre sur sa planche, et nagea jusqu'à la barre où se cassaient les premières déferlantes.

Elle admira la puissance avec laquelle il progressait dans les flots bouillonnants, son dos ondulant sous l'écume. A aucun moment, il ne donnait l'impression de faire un effort. Quand il se mit debout sur sa planche, les jambes légèrement fléchies, Grace songea qu'il était en parfaite harmonie avec les éléments.

Bientôt, elle se sentit envahie par une émotion incontrôlable. Son cœur se mit à battre de plus en plus vite, et elle eut l'impression que les muscles de son ventre se nouaient. Les yeux rivés sur Jack, elle se laissa subjuguer par la beauté sauvage qu'il offrait dans son combat contre les flots. Jack embrassait la vie comme il surfait avec les vagues, en usant de la même vigueur et de la même audace, sans aucune crainte, la tête haute.

Ils étaient tout le contraire l'un de l'autre, en somme.

Il effectua plusieurs allers-retours avec la même maîtrise. Le soleil était déjà haut dans le ciel lorsqu'il revint poser sa planche sur la plage. Grace se garda bien de manifester sa présence. Il venait de s'allonger sur le dos pour se sécher au soleil lorsqu'un malicieux mainate — peut-être M. Squawky lui-même — poussa un petit cri, juste au-dessus d'elle. Jack tourna la tête, et son visage s'illumina dès qu'il vit la jeune femme.

Des gouttelettes d'eau brillaient encore sur sa peau lorsqu'il vint la rejoindre. Grace sentit que sa bouche était devenue sèche.

— Bonjour. Je ne vous avais pas vue.

— J'étais aux premières loges.

— J'ignorais que j'avais du public.

— Jolie démonstration de vos prouesses.

Il prit un air faussement embarrassé.

— Il y a bien longtemps que je ne me suis pas exercé : je suis un peu rouillé. Vous êtes là depuis longtemps ?

— Un bon moment.

— Je me suis dit que tout le monde devait dormir dans la maison, à cause du décalage horaire.

170

— Comment dormir avec un tel lever de soleil ?

Jack eut un grand sourire, et effleura la peau nue de la jeune femme en s'asseyant près d'elle.

— C'est vrai que c'est le plus beau moment de la journée, dit-il. Désolé de vous l'avoir gâché.

— Vous êtes chez vous, répliqua-t-elle. C'est moi l'intruse.

— Ne dites pas cela. Vous êtes la bienvenue ici, vous le savez parfaitement. C'est moi qui ai tenu à ce que vous veniez.

— Mais pourquoi ? murmura-t-elle.

Quel plaisir pouvait-il trouver à la compagnie d'une femme aussi morose et aussi désagréable avec Emma ?

Au lieu de répondre, il chercha longuement son regard. En sentant ses yeux posés sur elle, Grace eut soudain honte de la vieille robe à fleurs jaunes usée jusqu'à la corde qu'elle avait enfilée à la hâte.

— Comment va votre dos ? lui demanda-t-il pour changer de sujet.

— Bien, répondit-elle. Je ne sens presque plus rien.

— Pensez-vous pouvoir faire un peu de plongée, aujourd'hui ? Les fonds sont tellement beaux, du côté de la plage de Pupukea ! A cette période de l'année, l'eau commence à être un peu trouble à cause des grandes marées, mais la visibilité est encore très bonne. Emma adore plonger, et elle aimerait beaucoup le faire avec vous.

— Je n'ai jamais fait de plongée.

— Vous savez nager, n'est-ce pas ?

Grace hocha la tête. Oui, nager, elle savait.

— Alors, il n'y a aucun problème. Nous n'utilisons pas de bouteilles : un masque, un tuba et des palmes, c'est amplement suffisant.

La jeune femme ne put s'empêcher de le remercier d'un petit sourire. Il lui avait tant appris en si peu de temps !

Quand elle leva les yeux vers lui, l'atmosphère se chargea d'électricité. Il murmura son prénom en se penchant vers elle. Elle retint son souffle, et sentit son corps et sa raison se livrer une bataille sans merci. Ce fut le désir qui l'emporta aisément.

Les lèvres de Jack étaient fraîches et salées. Grace savait qu'elle jouait à un jeu dangereux, mais comment résister à un homme aussi séduisant, sur une plage de rêve, dans un matin radieux ?

Ce n'était qu'un baiser, après tout, et un baiser n'engageait à rien, même si elle sentait des fourmillements jusque dans ses orteils enfouis sous le sable.

Le vertige s'empara d'elle quand il l'attira plus près de lui. Blottie contre sa poitrine, elle sentit une douce langueur l'envahir. Instinctivement, elle noua les bras autour de son cou.

Il poussa un gémissement sourd, un peu semblable au bruit des vagues. En se lovant davantage contre Jack, elle sentit son sexe dur contre elle. Cette manifestation de désir l'effraya. Elle n'était pas prête. Pas encore.

Avec ses yeux sombres et ses boucles brunes

qui dansaient dans le vent, elle semblait aussi sauvage et insaisissable qu'une créature surgie de la mer. Ce qu'elle éveillait en lui dépassait le désir physique, même si c'était la première fois qu'il avait envie d'une femme à en mourir. Elle le bouleversait. Il voulait lui communiquer sa tendresse, atténuer la tristesse de son regard, la voir sourire, l'entendre rire.

Il l'embrassa longuement, en se demandant si elle avait conscience de le retenir dans ses bras chaque fois qu'il essayait de s'éloigner. Sa respiration lente et profonde était ponctuée par des petits soupirs de plaisir, et elle enfonçait voluptueusement les mains dans ses cheveux.

Le cri rauque du mainate retentit soudain à travers l'épais feuillage, au-dessus de leurs corps enlacés.

« Tais-toi, tais-toi ! » pria Jack. Mais il était déjà trop tard : la jeune femme s'était raidie dans ses bras. Le charme était rompu. Elle ouvrit les yeux.

Ses pupilles étaient grandes et lumineuses. Quand son regard croisa le sien, Jack comprit qu'elle s'en voulait.

Elle se redressa en tirant sur sa robe.

— Grace..., commença-t-il.

— Ne dites rien.

Mais Jack ne l'entendait pas ainsi ; il cherchait les mots capables de les replonger dans l'atmosphère du début de leur conversation.

— Nous n'aurions pas dû, c'est tout, murmura-t-elle.

— Nous ne faisons rien de mal, Grace.

— Je sais. Ce n'est qu'un baiser. N'allez surtout pas vous imaginer que nous irons plus loin que cela !

« Ce n'est qu'un baiser », se répéta-t-il.

Il n'ajouta rien, et se contenta de regarder la jeune femme dans les yeux, jusqu'à ce qu'elle détournât le regard.

— Quand...

La voix de Grace se brisa. Elle se reprit d'un ton qu'elle voulait plus assuré.

— Quand plongerons-nous ?

Surpris, il observa sa nuque qu'il avait caressée trente secondes plus tôt. Il s'attendait à tout sauf à cette question.

— Il y aura moins de houle, cet après-midi, dit-il. Cela vous convient ?

Elle leva les yeux vers lui. Ses pommettes avaient pris une teinte rosée.

— Parfait.

Allait-il la laisser partir comme si de rien n'était ou l'obliger à admettre qu'elle était aussi troublée que lui ?

Connaissant Grace, il craignit une rebuffade, et préféra opter pour la prudence. Si elle désirait faire comme s'il ne s'était rien passé, eh bien, il prétendrait, lui aussi, qu'il ne s'était rien passé.

Il se força à sourire et à garder un ton mesuré.

— Emma et moi, nous connaissons des lieux d'excursions uniques au monde, dans le nord de l'île.

— Je vous fais confiance, dit-elle en regardant la mer.

Sur ces mots, elle ramassa sa natte en paille de riz et s'éloigna.

— C'est quoi celui-là, papa ?

La fillette désignait un drôle de poisson avec une bouche allongée qui nageait devant les rochers de corail.

— Un poisson trompette. Regarde : sa bouche est en forme de trompette.

Emma acquiesça d'un signe de tête solennel, et replongea aussitôt.

Quand elle émergea de nouveau, Jack lui demanda quel poisson elle préférait.

Elle retira son tuba.

— Je n'arrive pas à choisir. Ils sont tous aussi jolis.

Grace la comprenait. Elle avait l'impression de nager dans un aquarium exotique géant. Des milliers d'espèces différentes se déplaçaient par bancs ou en famille, à la queue leu leu, certains semblaient dormir contre les blocs de corail, d'autres fouinaient dans le sable, d'autres encore se poursuivaient entre les plantes, arbres de mer ou anémones qui agitaient leurs corolles dentelées, prêtes à capturer les plus curieux.

Jack les connaissait tous, du strié jaune et noir au poisson à tête de chat, de ceux qui avaient des nageoires en forme d'ailes de papillon à ceux dont les écailles étaient multicolores.

Marisa aurait adoré cette féerie sous-marine. L'océan était sa passion. Elle rêvait de devenir biologiste spécialisée dans la faune aquatique. Cette pensée raviva la douleur de Grace, mais elle tint ferme pour ne pas céder à un nouvel accès de désespoir et risquer de gâcher la journée.

— Comme j'aimerais les emporter à la maison pour les garder dans ma chambre ! dit Emma.

Grace sourit en remarquant, derrière le masque, la lueur de malice qui brillait dans les yeux de l'enfant.

Jack avait dû tirer les mêmes conclusions qu'elle, car il retira son propre masque en secouant la tête.

— Ôtez-vous cette idée de la tête, mademoiselle je-ramène-tout-à-la-maison. Pas question d'attraper un seul de ces poissons.

— Mais, papa...

— N'y compte pas ! D'abord, il est hors de question de les enlever à leur milieu naturel, ensuite explique-moi un peu où nous pourrions les garder. Dans un aquarium, ils mourraient.

La fillette fronça les sourcils et réfléchit un moment. Soudain, son visage s'illumina.

— Dans la piscine ! En plus, on les verrait tout le temps !

— Tu as réponse à tout, hein ? dit-il en lui pinçant le bout du nez.

— Juste deux ou trois, papa ! supplia Emma.

— Non.

— Deux seulement. S'il te plaît, papa !

— Non, non et non. Si tu continues, c'est toi que je vais attraper.

Et, joignant le geste à la parole, il saisit sa fille

par la taille et la fit basculer par-dessus son épaule.

Pour la première fois, Grace supporta bien cette effusion de tendresse et de bonheur. Elle était même fascinée par l'expression juvénile de Jack pendant qu'il chahutait avec sa fille.

Jusqu'à maintenant, elle ne s'était jamais posé de questions au sujet de la mère d'Emma. Qui était-elle ? Jack l'avait-il beaucoup aimée ? Comment était-elle morte ? Lily devait le savoir. Oserait-elle lui poser la question ?

Décidément, ce paradis terrestre avait un effet pervers sur elle. D'ailleurs, elle ne savait plus trop ce qu'elle était venue faire ici. Officiellement, elle était chargée de veiller à la sécurité du père et de la fille sans perdre de vue qu'elle était à la recherche d'indices susceptibles de la mettre sur la piste d'un trafic d'armes. Mais plus elle connaissait Jack, plus elle était convaincue de son innocence, et pas seulement à cause de leur merveilleux baiser.

Elle frissonna longuement au souvenir de ses lèvres au goût salé, de la douceur de ses doigts sur sa peau, de la puissance de ses muscles contre elle.

Face à toutes ces pensées confuses qui lui traversaient l'esprit, elle préféra détourner les yeux et plonger dans les eaux transparentes.

Petit à petit, elle perdit la notion du temps. Une caresse légère comme une plume lui effleura le pied. Elle pensa que c'était peut-être un poisson, un de ces poissons aux nageoires transparentes comme des voiles. Mais la caresse s'affirma. Elle se retourna, et vit Jack et Emma qui l'avaient rejointe.

Elle les suivit sous l'eau. Le corail plongeait profondément à cet endroit. Ils aperçurent bientôt une énorme tortue d'eau qu'ils suivirent des yeux jusqu'à ce qu'elle eût disparu dans les profondeurs.

Dès qu'ils regagnèrent la surface, Emma s'exclama :

— C'est la plus grosse tortue que j'aie jamais vue !

Ses yeux brillaient d'excitation, mais Grace remarqua qu'elle claquait des dents et que ses lèvres se teintaient légèrement de bleu.

Ils plongeaient depuis plus d'une heure, et des nuages d'orage s'étaient amoncelés dans le ciel. Grace elle-même commençait à avoir froid.

— Nous allons remonter pour nous réchauffer un peu, proposa Jack.

— Nooon ! supplia Emma, je veux rester encore : c'est trop bien !

— J'ai apporté tes jouets.

Sans prévenir il emprisonna la queue-de-cheval de Grace dans sa grande main. La jeune femme frissonna, mais ce n'était pas de froid.

— Nous allons construire un château de sable pour cette sirène que je viens de capturer, dit-il à sa fille.

Emma s'esclaffa.

— Les sirènes n'habitent pas dans des châteaux de sable : elles vivent sous la mer. Et Grace n'est pas une sirène, c'est mon amie.

178

Ces mots émurent profondément la jeune femme.

— Je vous promets de ne pas m'échapper, dit-elle : vous pouvez me lâcher.

— Et que se passerait-il si je n'étais pas d'accord ? lui chuchota-t-il à l'oreille.

Le trouble de Grace s'accentua.

— Dans ce cas, répondit-elle sur le ton de la plaisanterie, Emma et moi, nous vous ferions boire la tasse. D'accord, Emma ?

— Oui ! s'écria la fillette. Tu vas boire la tasse, papa !

S'ensuivit une joyeuse bataille. Grace prenait plaisir à poser les mains sur le torse ferme et puissant de Jack. Emma sauta sur la tête de son père qui s'échappa à la nage, et ses adversaires finirent par boire elles-mêmes la tasse, tellement elles riaient.

Quand ils arrivèrent sur la plage, les ombres s'allongeaient déjà. Grace était épuisée, mais Jack et Emma, infatigables, s'attaquèrent à la construction du château. La jeune femme s'allongea à plat ventre sur son drap de bain pour profiter des derniers rayons du soleil.

Elle trouva à peine la force de soulever les paupières lorsque Jack vint s'allonger à côté d'elle.

— Alors ? Que pensez-vous de cette première journée à Hawaii ? lui demanda-t-il.

Elle sourit.

— Le rêve.

Et elle disait vrai. C'était la première fois en un an qu'elle parvenait à mettre ses souvenirs de côté pour profiter un peu de la vie. Elle avait réussi à s'amuser, et même à rire.

En fin de matinée, ils avaient fait le marché de Hali'ewa. Grace avait goûté des fruits qu'elle ne connaissait pas, même de vue, puis ils s'étaient acheté des T-shirts amusants et des sarongs de soie aux couleurs chatoyantes. Comme Lily passait la journée dans sa famille, Jack les avait invitées toutes les deux dans un restaurant où ils s'étaient régalés de spécialités de fruits de mer et de poissons grillés.

Après le déjeuner, ils avaient repris la voiture pour faire le tour des plages célèbres qui faisaient l'orgueil de Hawaii : Sunset, Waima et Pipeline. Sur le bord de la route, ils avaient acheté un ananas énorme que Jack avait découpé tant bien que mal. Quand ils l'avaient mangé, le jus avait coulé partout, et son parfum s'était répandu dans la voiture.

— Souhaiteriez-vous le même type de programme pour demain ?

« Le baiser compris ? » faillit-elle demander.

Cette pensée la fit rire doucement.

— Je ne sais pas si j'aurai le courage de me lever aussi tôt.

Il ne répondit pas immédiatement. Elle finit par ouvrir les yeux, et vit qu'il la regardait intensément.

— J'espère vous voir faire ça plus souvent.

— Quoi ?

— Rire.

Sous le feu de ses yeux verts, Grace sentit son

cœur battre la chamade. Elle chercha une réponse, mais l'intervention d'Emma l'en dispensa.

— Papa, tu m'avais promis de m'aider à construire une tour ! Tu viens ?

Sans quitter la jeune femme des yeux, Jack se leva, et chassa d'une main le sable qui lui collait à la peau. Puis il prit Emma par la taille, et la hissa sur ses épaules.

— D'accord, allons construire ta tour. Ensuite, je t'y enferme durant trente ans, et tu devras laisser pousser tes cheveux jusqu'à ce qu'ils soient assez longs pour que tes soupirants puissent s'en servir comme d'une corde afin de te rejoindre.

Après leur départ, Grace eut bien du mal à retrouver son calme, tant elle était troublée par ce qu'elle avait lu dans le regard de Jack.

12.

Elle rêva de sa fille. Elles se baignaient toutes les deux dans l'océan bleu marine. Marisa avait une bouée tout à fait semblable à celle d'Emma, et elle se laissait porter par les vagues.

Peu à peu, la fillette s'éloignait, et Grace avait beau nager, elle n'arrivait pas à la rejoindre. Marisa souriait en regardant sa mère qui lui hurlait de revenir.

— Je dois partir, maman, disait-elle. Au revoir. Je t'aime.

Grace s'éveilla en sueur, avec cette douleur familière tout au fond d'elle-même. Quand Marisa était vivante, il lui arrivait de faire des cauchemars, et le soulagement venait avec le réveil. Mais, cette fois, la sensation de panique et de désespoir persistait. Les joues inondées de larmes, Grace resta allongée un long moment, les yeux fermés, désorientée par ce retour brutal à la réalité. Puis, petit à petit, elle prit conscience que ses larmes n'étaient que des gouttes de pluie, et que Jack lui secouait doucement le bras.

— Désolé de vous réveiller, lui dit-il, mais

nous allons prendre une vraie douche d'ici deux minutes si nous ne courons pas nous abriter dans la voiture.

La jeune femme s'assit et s'essuya le visage avec sa serviette humide pour effacer les marques de son chagrin qui s'insinuait dans son sommeil comme pour lui faire payer les moments de détente qu'elle avait connus au cours de la journée.

— Vous allez bien ?

Horripilée par l'inquiétude qu'elle lisait dans les yeux de Jack, elle répondit avec impatience :

— Oui, très bien. Laissez-moi quelque chose à porter.

Elle prit la couverture et le seau d'Emma, et marcha jusqu'à la jeep sans un regard pour l'océan.

— Grace, tu peux venir me lire l'histoire ?

Jack soupira. Emma ne respectait pas les clauses du contrat qu'ils avaient établi ensemble, au cours de la baignade.

Ils étaient convenus qu'elle irait frapper à la porte de la chambre de Grace dès qu'elle serait en chemise de nuit, puis qu'elle lui dirait bonsoir et qu'elle la remercierait pour la bonne journée qu'ils avaient passée ensemble.

Au lieu de cela, la fillette était entrée dans la chambre de Grace comme dans un moulin, avant que Jack eût le temps de la retenir, et elle était venue se camper devant la jeune femme qui était assise sur son lit.

Il avait l'estomac noué en guettant la réaction de Grace. Mais son beau visage triste n'exprima rien de particulier. Elle demeura silencieuse un moment, puis caressa les cheveux mouillés de l'enfant.

— Je ne raconte pas bien les histoires, ma chérie, lui dit-elle. Demande plutôt à ton père ou à Lily.

Emma secoua la tête avec cette obstination que Jack ne connaissait que trop bien.

— Non, toi.

Grace leva vers lui un regard perdu qui ressemblait à un appel au secours. Ce qui, pour la fillette, n'était que le rituel du coucher, devenait un supplice pour elle.

Jack reçut le message. Il prit la main de sa fille.

— Viens, Emma. Allons chercher le dernier livre que je t'ai offert : Max et les maximonstres.

— D'accord, et c'est Grace qui me le lira.

— Emma...

— C'est bon, intervint Grace d'un ton ferme et déterminé, je vais lire.

— Vous êtes sûre ?

— Absolument.

Elle eut un sourire hésitant et légèrement tremblant.

— Je ne sais pas si je suis encore capable de lire des histoires, Jack : il faudra me souffler les mots trop longs.

Jack la regarda, stupéfait. Elle plaisantait ! Elle trouvait le moyen de plaisanter alors qu'elle avait une peur bleue. Quelle belle preuve de courage elle donnait là !

Elle soutint son regard, puis se leva.

— Allons-y.

Ils montèrent tous les trois jusqu'au deuxième étage où se trouvait la chambre d'Emma.

— Vous n'auriez pas dû lui céder, murmura Jack à l'oreille de la jeune femme.

Grace ne le regarda pas.

— Si, si, je dois le faire.

Avant d'entrer dans la chambre, elle inspira plusieurs fois pour se donner du courage.

Jack aurait pu les laisser toutes les deux, mais il préféra rester sur le pas de la porte, même s'il se sentait maladroit et inutile. Inconsciente de la tension qui régnait chez les adultes, Emma prit un temps infini à choisir un livre.

Jack, qui se sentait à bout de nerfs, décida d'intervenir au moment précis où la petite brandissait triomphalement un livre de contes. Elle grimpa dans son lit, remonta sa couette, mit son pouce dans sa bouche et attendit que Grace vînt s'asseoir à côté d'elle.

Grace s'exécuta.

— *Boucle d'Or et les trois ours*, dit-elle d'une voix bouleversée par l'émotion.

Emma retira son pouce de sa bouche.

— C'est notre histoire préférée à papa et à moi.

Jack souffrait pour la jeune femme qui s'efforçait d'imiter les différentes voix des ours. Quand elle eut terminé, elle referma le livre et le posa doucement sur la table de nuit.

— Bonne nuit, Emma, dit-elle à la fillette.

— Bonne nuit, Grace, répondit l'enfant sans lâcher son pouce.

Grace éteignit la lampe de chevet.

— Tu me donnes un bisou ? ajouta la petite d'une voix ensommeillée.

De la porte, Jack vit l'hésitation de la jeune femme, même si elle ne dura qu'une seconde. Elle se pencha et effleura de ses lèvres le front de l'enfant.

— Dors bien, ma chérie, dit-elle doucement.

Elle se releva, demeura près du lit encore un instant, et quitta la chambre rapidement, en passant devant Jack sans paraître le voir, avec une expression désespérée au fond des yeux.

— Grace...

Mais elle l'ignora, descendit les marches comme une somnambule, traversa le salon et sortit sous la véranda.

Jack dévala l'escalier quatre à quatre pour la rejoindre. Elle pleurait son enfant depuis un an. Seule. Sans le moindre soutien. Sans personne pour partager son chagrin. Il était décidé à lui proposer son épaule pour qu'elle pût s'y appuyer. Peut-être le repousserait-elle encore quelque temps, mais elle finirait bien par s'abandonner.

Quand il ouvrit la porte de la véranda, il découvrit que Grace n'était plus là. Il courut alors jusque dans la chambre de Tiny et Lily pour leur expliquer qu'il laissait Emma seule dans la maison et qu'il allait à la recherche de Grace.

Le seul endroit où elle avait pu se rendre, c'était la plage. Le sable était humide et froid, la nuit, il le savait. Il revint donc sous la véranda pour prendre une couverture sur un transat.

***

La jeune femme était assise au même endroit que le matin, sous ce figuier témoin de leur baiser. Presque invisible dans les ombres, elle était repliée sur elle-même, les bras autour des jambes et le front posé sur les genoux.

Chemin faisant, Jack avait prévu que son premier geste, quand il la retrouverait, serait de la prendre dans ses bras, mais, à présent qu'il était devant elle, il se sentait comme tétanisé. En attendant de trouver mieux, il décida de lui offrir un peu de chaleur et de réconfort.

— J'ai apporté une couverture, dit-il doucement.

— Allez-vous-en.

— Non.

Il étendit la couverture à côté d'elle, et resta un moment debout, les mains enfoncées dans les poches arrière de son jean.

— Laissez-moi seule, s'il vous plaît, Jack.

Il ne répondit pas. On n'entendait que le bruissement du vent dans les feuilles du figuier et le doux murmure de l'océan.

Jack se détestait pour son impuissance à trouver ne fût-ce qu'une parole réconfortante. Puis, soudain, il lui vint une idée. Puisqu'elle refusait la douceur, il fallait prendre le taureau par les cornes.

— Vous préférez rester seule pour vous apitoyer tranquillement sur votre sort, lui dit-il brusquement.

Elle releva la tête, apparemment blessée par tant de cruauté.

— M'apitoyer sur mon sort ? C'est l'impression que je vous donne ?

— Absolument.

— Je souffre d'avoir perdu mon enfant ! Ma vie ! Je pleure parce que plus jamais je ne pourrai lui raconter d'histoires ni l'embrasser, le soir, dans son lit.

Son cri de détresse déchira le cœur de Jack.

— Ce qui vous arrive, aucune mère n'est capable d'y faire face, dit-il. C'est vrai, mais il faut aussi admettre que vous ne pourrez pas la ramener. Tout ce qui vous reste, ce sont les souvenirs. Et, pour eux, vous devez survivre, lui survivre : vous rappeler les jours heureux, les bons moments que vous avez partagés. Vous n'allez pas passer le reste de votre vie à ressasser votre malheur, ou alors vous n'avez plus qu'à vous tirer une balle dans la tête.

A l'expression de son regard, il comprit qu'involontairement il avait touché un point sensible.

Avait-elle l'intention de se suicider ?

— C'est ce que vous vous apprêtiez à faire, sur l'autoroute, cette fameuse nuit ? lui demanda-t-il d'une voix blanche.

Elle se leva, et il l'agrippa par le bras pour l'obliger à rester là.

— Répondez-moi.

Elle le regarda droit dans les yeux, mais ne souffla mot.

— Vous vouliez vous jeter sous une voiture ?

— Ça ne vous regarde pas.

Il ne s'était pas trompé.

Une violente nausée s'empara de lui. Il pensa à son père, à son visage noyé dans le sang, et il secoua le bras de la jeune femme sans aucune précaution.

— Bon sang, Grace ! Vous n'avez pas honte ? Vous rendez-vous compte du prix de votre vie ?

— Pour qui ? Je n'aime plus personne, vous comprenez ? Ma fille était tout pour moi. Dès qu'elle est née, quand je l'ai prise dans mes bras, elle est devenue ma seule raison de vivre. Sans elle, je n'ai plus rien. Je ne suis rien.

Il sentit qu'elle grelottait malgré la douceur exceptionnelle de cette nuit d'octobre.

— J'ai apporté une couverture, répéta-t-il. Asseyez-vous.

Curieusement, elle l'écouta.

Ils restèrent assis un long moment, à écouter les bruits de la nuit. Et puis, comme si elle avait brusquement puisé au fond d'elle-même la force de parler, elle se lança :

— Avant sa naissance, je voulais la confier à l'adoption, vous vous rendez compte ?

— Racontez-moi.

— J'avais signé tous les papiers un mois avant l'accouchement. On m'avait présenté un couple adorable : lui était médecin, et sa femme, qui était enseignante, s'apprêtait à démissionner pour se consacrer à son futur rôle de mère au foyer. Ils lui auraient tout donné, alors que moi, je n'avais rien à offrir à un enfant. Je n'avais que seize ans, et j'étais seule, sans travail, sans toit, sans famille.

— Et le père de Marisa ?

Jamais encore il n'avait osé lui poser la question.

— Alex ? Il a refusé de me parler à partir du moment où il a su que je refusais d'avorter. Alors, j'ai avoué à ma tante que j'étais enceinte, et elle m'a mise à la porte.

— Alex l'a su ?

— Oui, bien sûr, mais il m'a dit que ce n'était plus son problème et qu'il ne voulait plus entendre parler ni de moi ni de notre enfant.

Jack se demanda comment cet Alex avait eu le cœur d'abandonner une femme aussi merveilleuse.

— Et qu'est-ce qui vous a fait changer d'avis, au sujet de l'adoption ?

— Je n'ai pas pu.

Elle serra ses genoux contre elle.

— Je sais que j'ai réagi en pure égoïste, mais c'était au-dessus de mes forces de donner mon enfant à des étrangers. Il m'a suffi de regarder une seule fois ce petit être à qui j'avais donné la vie, que j'avais porté dans mon ventre, pour sentir mon univers basculer. C'était la première fois, depuis la mort de mon père, que j'avais quelqu'un à aimer. Et ce quelqu'un m'aimait et m'aimerait toujours, quoi qu'il arrive.

— Comment avez-vous fait pour vivre ?

— J'ai trouvé un emploi dans un fast-food, et j'ai habité dans un foyer pour jeunes mères célibataires jusqu'à ce que j'obtienne mes diplômes universitaires et que je gagne de quoi payer un loyer.

Il l'imaginait seule avec son enfant, démunie, démarrant sa vie de jeune mère dans des conditions précaires. A force de volonté et de courage, elle était parvenue à assurer une vie confortable à sa fille.

Jusqu'à ce qu'une balle perdue vînt détruire ce bonheur gagné à la force du poignet.

— Comment était-elle ?

La jeune femme tourna la tête vers lui.

— Qui ?

— Parlez-moi de Marisa. Etait-elle drôle ? Timide ? Sportive ? Que lisait-elle ? Avait-elle des amis ? Allait-elle au cinéma ? Racontez-moi tout sur elle.

En proie à la plus grande perplexité, elle le regarda sans rien dire. Depuis un an, tous ceux qui l'avaient connue avant cette tragédie évitaient soigneusement de prononcer le nom de Marisa, comme si sa mort avait effacé toute trace de son existence. Même Jean fuyait ce sujet tellement douloureux pour eux deux.

Et voilà que Jack, qui n'avait jamais connu sa fille, demandait à Grace de partager ses souvenirs avec lui.

Il y avait bien longtemps qu'elle n'avait pas été aussi émue.

Elle cala son dos contre le tronc du figuier, et commença :

— C'était un vrai clown.

Une fois partis, les mots coulèrent tout seuls,

comme l'eau d'une fontaine. Bercée par le vent et la mer, elle raconta à Jack qui était sa fille, en passant souvent du rire aux larmes. Quand elle s'arrêta, tard dans la nuit, sa voix était cassée et ses joues remplies de larmes. Des larmes chaudes et douces comme jamais elle n'en avait versé depuis la disparition de Marisa.

— Merci, murmura-t-elle, vous aviez raison : j'avais besoin de parler d'elle. Vous m'avez permis de me la rappeler avec une sérénité que je n'avais plus jamais éprouvée depuis sa mort.

— Je suis content.

Il emprisonna sa main dans la sienne, et y déposa un baiser.

— Marisa devait être merveilleuse. J'aurais aimé la connaître.

En entendant ces mots, la jeune femme sentit tomber ses dernières défenses. Quel homme extraordinaire il était ! Aucun des hommes qu'elle avait rencontrés jusque-là n'aurait eu cette patience. Sans jamais l'interrompre, il venait de passer des heures assis près d'elle, à l'écouter parler de son enfant qu'elle avait perdu et qu'il n'avait jamais connu.

— Je crois que Marisa vous aurait aimé, elle aussi, dit-elle doucement.

Puis elle noua doucement les bras autour du cou de Jack, et l'embrassa sur la joue.

— Merci de m'avoir écoutée.

Le contact de ses lèvres le fit frémir. Bouleversé, il lui souleva le menton et posa sa bouche sur la sienne.

13.

Les lèvres de la jeune femme s'écartèrent sous la douce pression de sa langue. Elle poussa un gémissement et s'abandonna tout entière à ce baiser d'abord tendre, puis sauvage et passionné. Les lèvres de Jack étaient douces comme de la soie, et sa langue savante qui jouait avec la sienne enflammait ses sens. Il glissa les mains sous sa robe pour caresser sa peau avec une lenteur qui la fit renaître à la vie. Ses muscles et ses nerfs noués depuis un an se détendirent. Son sang circulait dans ses veines, son cœur battait; elle respirait enfin librement. Elle était même submergée par le désir...

Un désir impérieux, incontrôlable, urgent, qu'elle voulait satisfaire, là, tout de suite.

Comme il tentait de s'écarter, elle l'enlaça plus fort et le serra contre elle en protestant doucement. Il ne bougea plus durant un moment, et laissa sa bouche contre la sienne. Puis il recommença à l'embrasser avec passion.

Elle se renversa en arrière. Il lui offrait le choix : ou bien elle restait enfermée dans le passé avec son chagrin, ou bien elle se libérait et venait à sa rencontre.

Jack était la vie même. Son ardeur et sa fougue la terrifiaient, mais elle était prête à se brûler les ailes pour lui car elle savait qu'il ne la décevrait jamais.

Il s'allongea sur elle et, d'une main experte, déboutonna sa robe. Elle sentit sa bouche chaude glisser le long de sa gorge en traçant des sillons brûlants sur sa peau. Les pointes de ses seins durcirent sous sa langue, et elle s'arqua contre lui, impatiente. Mais, curieusement, il s'arrêta net, roula sur le côté et s'assit en se frottant le visage à deux mains.

Durant un long moment, il évita de la regarder. Devant son silence tenace, le désir de Grace fit place à un immense embarras. Elle reboutonna lentement sa robe.

Avait-elle fait un geste déplacé, dit une parole choquante ? Peut-être la trouvait-il trop empressée ? C'était vrai qu'elle n'avait pas fait l'amour depuis longtemps, mais elle n'était pas pour autant frustrée. Et il en avait envie tout autant qu'elle : il n'aurait pas pu le lui cacher.

— Je suis désolé, Grace, dit-il d'une voix enrouée. Je ne sais pas ce qui m'a pris.

— Ce qui nous a pris à tous les deux, tu veux dire.

Mais il n'eut pas l'air d'entendre.

— Je n'aurais jamais dû me laisser aller ; j'ai perdu tout contrôle. C'est à cause de... de ce qui passe entre nous.

— Quoi ?

— Cette attirance, ce désir. Je ne sais comment l'appeler. En tout cas, dès que je te vois, j'ai envie de toi.

Elle leva les yeux vers lui, et sentit de nouveau son cœur battre comme un fou.

— Vraiment ?

Il eut un rire rauque.

— Dès le premier jour où je t'ai vue, dans ton appartement, je me suis senti attiré par toi. Même avec cette horrible blessure dans le dos, alors que tu te souvenais à peine de ton nom, je te désirais. Et, depuis, la situation ne s'est pas arrangée. Chaque fois que je croise tes grands yeux noirs, graves et sérieux, j'ai des frissons.

— Et où est le problème ?

— Tu es trop vulnérable. Tu es dans un tel état de désespoir que tu es prête à faire l'amour avec moi pour oublier ta douleur. Et je serais un goujat si je profitais de la situation.

Il avait cessé de l'embrasser, de la toucher parce qu'il craignait d'abuser de sa fragilité ?

C'était la première fois depuis un an qu'elle avait envie de prendre son destin en mains. Tout ça grâce à lui, grâce à cet homme qui lui avait rendu le goût de la vie. C'était lui qu'elle voulait, lui et aucun autre.

Elle tenta un petit sourire.

— Si je trouve que tu profites de moi, ne t'inquiète pas : je te le ferai savoir.

Jack réfléchit un long moment. Quand il parla, sa voix couvrait à peine le murmure de l'océan.

— Je tiens très fort à toi, Grace. Si ce n'était pas le cas, je m'arrangerais avec ma conscience, et je céderais à mon envie de toi. Mais je ne peux pas. Tu comptes trop pour moi.

Il y avait tellement de tendresse et de sincérité dans sa voix et dans ses yeux qu'elle attendit pour répondre que sa propre émotion fût un peu apaisée.

— Tu as en partie raison. C'est vrai qu'en faisant l'amour avec toi j'oublierais mon chagrin pendant un moment. Mais ça représente tellement plus que ça !

Il lui avait parlé de sa vulnérabilité, et jamais elle ne s'était sentie aussi exposée qu'en cet instant où elle se livrait à lui. Il n'était pas facile pour elle de mettre son âme à nu devant cet homme.

Mais il s'était montré honnête avec elle, et elle lui devait la même franchise.

— Jack, avec toi, je... je me sens vivante. Je ne peux pas expliquer exactement pourquoi...

Elle regarda la mer pour chercher les mots justes.

— En tout cas, quand tu me touches, c'est comme si tu rendais à mon corps toutes ses fonctions vitales. Je recommence à respirer, à sentir, à aimer, et, même si j'ai peur, j'ai envie que ça ne s'arrête jamais.

— Grace...

En croisant son regard, elle vit que ses mots l'avaient touché. Ses grands yeux verts s'étaient embués.

Elle prit une profonde inspiration, et s'apprêta à

supplier Jack Dugan de lui faire l'amour. Elle savait qu'elle ne devait pas réfléchir trop long-temps si elle voulait aller jusqu'au bout.

La jeune femme timide et introvertie qu'elle avait été n'avait plus droit de cité. Pas plus que l'inspecteur de police au verbe haut, tellement pudique et réservée avec les hommes.

Elle était devenue une femme. Cette femme venait de passer un an au purgatoire et, grâce à un homme, elle entrevoyait de nouveau la possibilité d'être heureuse. Pourquoi, comment cette alchimie s'était-elle opérée? C'était une question qu'elle analyserait plus tard. L'important, c'était que Jack lui eût réappris à rire, à sourire, à sentir, et surtout à espérer.

— J'ai été morte pendant si longtemps. Trop longtemps. Aide-moi à revivre, Jack. Je t'en prie!

Il ferma les yeux et hésita un moment. Comment s'opposer à de tels arguments?

Avec un soupir presque douloureux, il la prit dans ses bras. Elle s'abandonna contre lui avec tant de sensualité qu'il dut faire un effort surhu-main pour ne pas lui retirer sur-le-champ cette robe qui lui moulait si joliment les hanches. Il l'allongea en face de lui avec des gestes extrême-ment doux, alors que son sang battait dans ses veines comme les lames sur les rochers. Il posa le doigt sur ses lèvres pleines, et elle pressa ses lèvres contre sa paume, tout en fermant les yeux pour mieux savourer ses caresses. Alors, dans un gémissement de désir, il prit sa bouche.

Il luttait pour rester calme, mais Grace se collait

à lui avec tant de fougue qu'il avait du mal à contenir sa passion.

— Attends, lui dit-elle.

Sans hésitation, elle retira sa robe. Les reflets du clair de lune qui jouaient sur l'eau illuminaient la scène d'une blancheur laiteuse. Ebloui, Jack contempla le corps nu de Grace, diaphane, sublime, comme une apparition.

Il se déshabilla à son tour.

— Ah, Grace, murmura-t-il, ma chérie, tu me rends fou.

Mais la jeune femme était elle-même fascinée par la beauté de son compagnon. Elle avait presque mal en le regardant. Elle se pencha sur lui, et se mit à embrasser son corps, longtemps, partout.

Le visage tendu, le souffle court, il murmura :

— Grace, c'est si bon... je t'en prie, continue...

Sa réaction exacerba le désir de la jeune femme. Elle caressa doucement les pointes de ses seins, et les prit dans sa bouche, l'une après l'autre. Il leva les yeux au ciel et gémit encore une fois.

Au moment où la bouche de Grace s'aventurait vers d'autres parties de son corps, il l'éloigna légèrement, tout en murmurant d'une voix sourde :

— Doucement, Grace, doucement, nous avons le temps...

— Je ne veux pas m'arrêter, répondit-elle, haletante, les yeux brillant de fierté à l'idée du pouvoir qu'elle avait sur lui.

— Alors, chacun son tour.

Il se remit à l'embrasser. Ses lèvres goûtaient chaque parcelle de sa peau tiède, jouaient avec ses mamelons, descendaient vers son ventre. La jeune femme retint sa respiration, puis étouffa un cri quand il lui entrouvrit doucement les cuisses pour glisser sa langue dans la partie la plus intime de son corps. Elle enfonça ses doigts dans ses cheveux alors qu'il continuait à la parcourir de baisers et à l'enivrer de mots doux. Quand cette exquise torture devint insoutenable et qu'elle s'arqua à sa rencontre, ils tanguèrent longtemps au rythme de leur passion, en harmonie avec les éléments complices de leur extase.

Ensemble, ils connurent un bonheur unique qui explosa bientôt en une myriade d'étoiles. Puis, enfin libérée de toute tension, la jeune femme sombra dans un sommeil profond, blottie dans les bras de son amant.

Avec mille précautions, Jack tira la couverture sur eux, jusqu'à ce qu'ils fussent enveloppés comme dans un cocon. Il savait qu'ils auraient été beaucoup mieux dans un lit, que l'aube serait fraîche et le sable humide, au bout d'un moment, mais il n'avait pas le cœur de la réveiller.

De son côté, il eut du mal à s'endormir. Malgré la couverture et la chaleur du corps de la jeune femme contre le sien, il frissonnait, mais ce n'était pas de froid. A présent que la fièvre de leurs corps était apaisée, une sourde culpabilité commençait à le tenailler. Même si elle avait bataillé pour le convaincre, même si elle s'était livrée sans aucune retenue à leurs ébats passionnés, leur union magique résisterait-elle au réveil de sa douleur ? Jack savait par expérience que faire l'amour pouvait momentanément faire oublier les drames de la vie. Après le suicide de son père, il avait rencontré plusieurs femmes avec lesquelles il avait cherché à panser ses plaies. Cette illusion n'avait duré qu'un temps et, après ces expériences, il était retombé encore plus bas, tout simplement parce que rien n'est pire que de se leurrer en choisissant un partenaire qui n'est pas fait pour vous. Or, lui-même n'était pas le partenaire qu'il fallait à Grace Solarez.

Il observa son profil, ses longs cils, son beau nez droit, et sa bouche qui lui faisait perdre la tête.

Elle était douce, belle, courageuse, et elle méritait mieux que ce qu'il pouvait lui offrir. Il lui fallait un homme solide et entier, pas un homme brisé par la vie.

L'alcoolisme et la folie de sa mère, le suicide de son père et son propre divorce avaient fait de lui une tête brûlée. Sa réussite financière ne faisait que masquer sa fragilité et, s'il tenait encore debout, c'était pour Emma, sa fille. Il n'avait donc aucun mal à comprendre Grace quand elle lui disait que Marisa avait été son unique raison de vivre.

A part Emma, sa vie n'était qu'une succession d'échecs. L'abandon de Camille avait ruiné le peu de confiance qu'il avait en lui-même.

**

Depuis la naissance d'Emma, il ne vivait pas comme un moine. Sans être un coureur de jupons comme Piper, il aimait la compagnie des femmes. Il en avait rencontré plusieurs avec qui il avait partagé de bons moments, même s'il refusait tout engagement.

Une seule fois, il avait failli fonder une nouvelle famille, et cela en grande partie pour Emma qui venait d'avoir un an. Même si Lily faisait le maximum pour le bonheur de la fillette, Jack avait décrété qu'Emma avait besoin d'une mère pour s'épanouir complètement, et il s'était mis en tête de trouver cette perle rare.

La douce et aimante Kate, qui possédait des trésors de gentillesse et de patience, aurait fait une mère idéale. Mais, dès que leur relation était devenue régulière et sérieuse, Jack avait ressenti des bouffées d'angoisse en repensant à l'échec de son mariage.

Encore aujourd'hui, il avait des remords en pensant au chagrin qu'il avait infligé à Kate lorsqu'il avait rompu sans explications.

Depuis ce jour, il s'était limité à des relations sans lendemain avec des femmes qui n'attendaient rien d'autre de lui qu'un pur moment de plaisir sexuel.

Grace n'était pas ce genre de femme.

Les débuts de sa vie sentimentale avaient été gâchés par la lâcheté d'un jeune homme qui l'avait abandonnée quand elle était enceinte. Indépendamment du deuil qui la frappait, la jeune femme avait besoin d'une relation durable et solide avec un homme équilibré, capable de l'aimer, de la protéger, de la rassurer.

L'élan qui les avait poussés l'un vers l'autre était dû aux circonstances. Il était sincère quand il lui disait qu'il tenait à elle — comment pouvait-on ne pas l'aimer ? — et il était heureux de l'avoir aidée à franchir un cap, de lui avoir rendu le sens du plaisir et de la vie. Mais elle n'aurait aucun mal à tourner la page quand elle prendrait conscience de la fragilité de son compagnon. Et, avec sa beauté, sa force de caractère et son intelligence, elle saurait trouver un homme digne d'elle.

Jack se dit qu'il valait mieux rompre sans attendre car plus le temps passerait, plus il s'attacherait à elle et plus il souffrirait.

Il en était là de ses réflexions lorsqu'elle ouvrit les yeux.

— Coucou, dit-elle d'une voix endormie.

Il sentit le muscle de sa mâchoire se contracter tant il combattait son envie de l'embrasser.

— Comment te sens-tu ? lui demanda-t-il.

— Merveilleusement bien.

Son sourire était tendre, sensuel.

— Faire l'amour avec toi est ce qui pouvait m'arriver de plus beau.

Sous l'effet de la surprise, il rit, mais il avait du mal à chasser son sentiment de culpabilité.

— Sérieusement, tu es bien ?

— Mais oui, Jack. Mieux que bien.

Elle lui adressa un sourire amoureux qui acheva de lui briser le cœur.

— Si quelqu'un m'avait prédit, il y a deux jours, que je serais allongée nue avec toi sur une plage hawaiienne, je lui aurais arraché les yeux.

Il s'esclaffa.

— Tu es un véritable chat sauvage, dit-il en lui caressant la joue. Au moins, tu sais te défendre!

— Normal, quand on a pris des coups.

— Qui t'a frappée? demanda-t-il dans un souffle.

Sa bouche resta close. Si seulement elle avait pu rattraper ces quelques mots! Elle n'avait jamais raconté à personne, pas même à Riley, que sa tante Tia entrait parfois dans des rages épouvantables et frappait sur tout ce qui bougeait. Grace s'était adaptée; elle avait survécu, et elle n'y pensait plus que très rarement, comme en ce moment.

— Personne, répondit-elle. C'était juste une manière de parler.

Dans le clair de lune, le regard de Jack chercha le sien. Mais, devant son expression indéchiffrable, il détourna les yeux.

— Il est tard, dit-il. Nous ferions mieux de rentrer.

La froideur de son ton n'échappa pas à la jeune femme, et elle fut saisie d'une appréhension. Elle se redressa et tâtonna à la recherche de sa robe. Mais, même après l'avoir enfilée, elle avait encore la chair de poule.

— Jack, je ne regrette rien, dit-elle doucement.

Il eut un petit rire.

— Nous en reparlerons demain.

— Nous sommes des adultes. Nous savions tous les deux ce que nous faisions.

— Tu es mon employée. Je ne t'ai pas invitée pour coucher avec toi, même si j'en avais envie.

— Mais je le sais, Jack !

— Je n'avais rien calculé. J'espérais que ce voyage t'apaiserait.

— C'est ce qui s'est passé, Jack. Grâce à toi.

« Mais à quel prix ? » se demanda-t-elle en regagnant silencieusement la maison. A partir de maintenant, il lui faudrait composer avec le souvenir des sensations tumultueuses qu'elle avait découvertes dans ses bras.

14.

Depuis la véranda, Jack observait les trois femmes de la maison qui vaquaient à leurs occupations : Emma faisait prendre un bain à sa poupée dans la vasque des oiseaux, Lily pelait des pommes de terre pour le dîner en écoutant son transistor, et Grace était concentrée sur sa broderie qu'elle ne lâchait plus de la journée.

Une fillette aux boucles blondes, ronde comme un chérubin, une imposante hawaiienne et une exquise beauté exotique... il trouva le tableau ravissant.

Il pensait qu'après leur nuit sur la plage Grace reprendrait ses distances avec lui, mais il se trompait. La Grace solitaire et perdue qu'il avait ramenée comme une morte vivante dans sa maison de Seattle appartenait au passé.

Il y avait bien des moments où elle partait dans ses pensées, mais elle n'affichait plus cette froideur qu'il redoutait tant. Elle participait à la vie de la maison, lançait des conversations et — c'était ce qui le ravissait le plus — elle souriait souvent. Pour qui ne connaissait pas son drame, elle offrait l'image d'une jeune femme parfaitement bien dans sa peau.

Plus le temps passait, et plus il s'attachait à elle. Heureusement qu'ils partaient le lendemain. La veille encore, ils avaient partagé un moment inoubliable.

Lily et Tiny avaient emmené Emma à une fête de famille, et Jack avait proposé à Grace une balade dans la montagne.

A mesure qu'ils montaient, la beauté sublime du paysage transportait la jeune femme. Avec une jubilation croissante, elle avait découvert un cadre qui l'avait subjuguée, et s'était laissé envahir par toutes sortes d'images et de parfums. Une brume impalpable voilait le paysage. La brise apportait les senteurs mélangées des épicéas, des pins et de toutes sortes de fleurs sauvages.

Le ciel était limpide, et le soleil pénétrait jusqu'au creux d'un vallon où un ruisseau déroulait ses méandres. Puis apparut la cascade de cent mètres de hauteur qui jaillissait d'une montagne moussue pour atterrir dans un bassin aux eaux transparentes bordées d'une plate-forme de roches noires incrustée de filaments d'or.

— Comme c'est beau ! s'était écriée Grace.

Elle avait remercié Jack de lui avoir fait découvrir cet endroit unique au monde. Jack avait failli l'embrasser, mais il avait résisté afin de ne pas rendre leur séparation encore plus difficile.

*

Il ouvrit la porte de la véranda pour les rejoindre toutes les trois au moment où Grace laissait échapper un juron qui lui donna envie de rire.

Lily posa couteau et pomme de terre.

— Un problème ? demanda-t-elle à la jeune femme.

— Je n'y arriverai jamais : c'est trop difficile.

— Montrez-moi.

Grace tendit à Lily son cadre de bois sur lequel s'étirait une toile brodée en bleu et blanc.

— Mais non, c'est très bien, lui affirma Lily de sa grosse voix calme et placide.

— Il me faudrait quatre mains pour tenir à la fois le cadre et la trame. Et puis, mes points ne sont pas réguliers.

— Allons, un peu de patience ! Vous avez fait de rudes progrès en trois jours. Vos dauphins sont presque terminés. Après, il ne vous restera que les coquillages de la bordure.

— Je n'aurai jamais fini avant de partir : j'ai choisi un modèle trop compliqué.

Jack avait un peu l'impression d'être un intrus, mais il ne parvenait pas à s'en aller.

Cette broderie avait pris une réelle importance pour Grace. Elle y travaillait toute la journée, ne s'interrompant qu'au moment des repas. Elle se levait aux aurores, se préparait et descendait à pas de loup. Vers 8 heures, quand il descendait à son tour prendre le petit déjeuner, elle était déjà assise dans le jardin, toujours à la même place, absorbée dans son ouvrage qu'elle ne quittait que le soir pour aller se coucher.

Curieusement, il n'avait jamais osé lui parler de cette broderie. De même qu'ils n'avaient plus évoqué leur soirée sur la plage. L'autre sujet tabou, c'était cette distance qu'elle continuait à maintenir avec Emma : elle s'arrangeait toujours pour éviter un contact direct avec la fillette.

— Lily, je peux prendre une glace à la banane ?

— On va dîner dans un quart d'heure.

— S'il te plaît !

— Non, sinon tu ne mangeras rien.

— Si, si, je te promets que je mangerai tout ce qu'il y aura dans mon assiette.

— Comme à midi ?

La petite eut une grimace de dégoût.

— J'aime pas les légumes.

— Nous ne pouvons pas manger des frites à tous les repas.

— Pourquoi pas ?

Jack ne put s'empêcher de rire. Elles se tournèrent toutes les trois vers lui.

— Papa !

Emma lâcha sa poupée et courut se jeter dans ses bras. Il l'embrassa tendrement, tout en adressant un sourire à Grace et Lily.

— Alors, ma chérie, tu t'amuses bien ?

— Oui. Je fais prendre un bain à ma poupée et, avant, on est passées chercher Pookie pour aller à la plage. Sa maman nous a donné une glace. Après, il m'a lancé du sable et j'en avais plein les cheveux, expliqua-t-elle avec une moue dégoûtée.

— Les garçons sont souvent comme ça. Il vaut mieux t'y habituer.

— J'ai voulu lui en renvoyer aussi, mais Lily m'en a empêchée. C'est pas juste.

Ah! les injustices de la vie! Il lui sourit en caressant ses cheveux blonds.

— Quelqu'un a parlé de glace à la banane?

Comme d'habitude, un rien suffisait à la distraire de ses petits malheurs. Elle hocha la tête. Comme Lily le fustigeait du regard, Jack la rassura immédiatement.

— Nous allons en partager une, d'accord?

— D'accord, répondit la fillette.

Les glaces à la banane étaient loin d'être sa friandise favorite, mais que n'aurait-il inventé pour rendre le sourire à sa fille?

— Je vais la prendre dans le freezer! cria-t-elle en se ruant dans la maison.

Jack s'installa dans un transat, en face des deux femmes.

— Ta journée s'est bien passée? lui demanda Lily.

Professionnellement, oui, elle avait été rentable. Après une longue partie au golf de Turtle Bay à Kahuhu, les Coréens avaient signé un contrat de plusieurs millions de dollars.

Mais cette journée pleine comme un œuf ne l'avait pas empêché de penser à Grace.

Il haussa les épaules.

— Tu sais combien le golf m'ennuie. Ce que

211

j'aimerais savoir, c'est pourquoi les businessmen n'aiment pas le football.

Grace approuva sa remarque en riant.

Lily roula des yeux scandalisés.

— Je n'imagine pas M. Kim et toi en train de courir après un ballon, tout en négociant un contrat.

— Pourquoi pas ?

Lily secoua la tête d'un air désabusé.

— Parfois, je me demande comment tu as fait pour réussir à monter une société aussi importante. Tu dois avoir un secret.

— Oui, mon charme naturel.

Il adressa un coup d'œil complice à Grace qui souriait toujours.

Lily hocha la tête d'un air dubitatif.

— Ah oui, je vois ! Au fait, monsieur le PDG, Sydney a téléphoné, pendant ton absence. Il faut que tu la rappelles, quelle que soit l'heure. Ça avait l'air urgent.

L'évocation de Seattle lui arracha une grimace. Il n'avait pas envie de partir, de quitter cette bulle de bien-être et de bonheur où la ravissante Grace riait de ses plaisanteries.

Il craignait qu'elle ne retombât dans ses abîmes de solitude, car il savait qu'il ne le supporterait pas.

Il était 2 heures du matin. C'était sa dernière nuit au paradis. Assise en tailleur sur son lit, elle avait des crampes partout dans le dos. Ses yeux et ses doigts étaient en feu. Et tout cela pourquoi ? Pour une tapisserie dont elle ne verrait jamais la fin.

Après cinq jours de travail ininterrompu, il lui aurait fallu encore des heures et des heures pour le mener à terme. A plusieurs reprises, elle avait failli l'abandonner dans le coffre à ouvrage. Lily l'aurait terminé sans problème. Mais, chaque fois qu'elle avait été sur le point de renoncer, une pulsion l'en avait empêchée.

Avec un soupir de frustration, elle leva les yeux de son aiguille. Au moins, elle se trouvait dans un endroit merveilleux. Par la grande fenêtre de sa chambre, elle voyait le clair de lune se refléter dans l'eau. Les bambous tintaient sous la brise qui était un peu plus forte, ce soir, au point de gonfler les rideaux comme des baudruches.

Le retour à Seattle l'effrayait. Mais, en même temps, elle craignait de ne pas pouvoir résister encore très longtemps au désir qu'elle avait de Jack, dans ce lieu magique qui semblait fait pour le bonheur. Tout son corps avait gardé à la mémoire l'empreinte de ses caresses.

Elle se massa la nuque et étendit les jambes.

Il fallait qu'elle bouge.

Elle décida de se rendre dans la cuisine pour boire un verre d'eau et déguster une tranche de ce délicieux cake à la banane dont Lily détenait le secret.

Tout était éteint, mais, grâce au clair de lune, elle traversa aisément le salon sans avoir besoin d'allumer.

Elle ne tourna l'interrupteur qu'arrivée dans la cuisine. Le carrelage était frais sous ses pieds nus. Elle remplit un verre d'eau, coupa un morceau de gâteau, en mangea une bouchée, puis éteignit et retraversa le salon.

— Tu n'arrives pas à dormir ?

La voix grave de Jack semblait venir de nulle part. Sous l'effet de la surprise, la jeune femme laissa échapper son verre qui alla se briser sur le carrelage.

— Tu vas bien ?

La voix désincarnée de Jack résonnait dans le grand salon. Puis la pièce s'illumina.

Torse nu, les cheveux mouillés, une serviette de bain autour du cou, Jack revenait visiblement de la plage.

Grace s'éclaircit la gorge.

— Bon sang, Jack, tu m'as fait peur ! Qu'est-ce que tu fabriques ici à une heure pareille ?

Il haussa les épaules d'un air nonchalant.

— Je n'arrivais pas à dormir, moi non plus, alors je suis allé prendre un bain.

— Dans l'océan ? Est-ce bien prudent, en pleine nuit ?

— Non. Mais, avec ce clair de lune, on y voit comme en plein jour. Je ne suis pas allé très loin, de toute façon. C'était juste pour me rafraîchir.

— Un bain de minuit, dit-elle rêveusement. J'en ai toujours rêvé.

La note de regret que contenait sa voix l'étonna elle-même.

214

— C'est dommage de partir sans avoir tenté l'expérience. Ce sera pour la prochaine fois, dit-il.

Sauf qu'il n'y aurait pas de prochaine fois. Ils le savaient tous les deux. Cette pensée attrista la jeune femme.

Elle ne reverrait plus jamais ce lieu idyllique, pas plus qu'elle ne sentirait les caresses de Jack. Ça aussi, elle l'avait compris.

Elle regarda les débris de verre et l'eau répandue sur les dalles.

— Je ferais mieux de nettoyer ça.

— Non, ne bouge pas. Tu es pieds nus. Assieds-toi là : je vais m'en charger.

Il fila vers la cuisine et en revint aussitôt avec une pelle, une balayette et une éponge. Pendant qu'il ramassait les débris de verre, Grace épongea, en dépit de ses protestations.

Puis ils se retrouvèrent dans la cuisine. Tout serait rentré dans l'ordre, chacun aurait regagné sa chambre si Grace ne s'était pas retournée pour accrocher le torchon au moment où Jack reculait de deux pas en refermant le placard à balais.

Leurs pieds trébuchèrent, leurs corps se touchèrent. Tous deux s'immobilisèrent comme à l'approche d'un danger. Ils ne percevaient pas d'autre bruit que le ronronnement du réfrigérateur.

Il était si près d'elle qu'elle sentait son souffle dans ses cheveux. Elle prit alors conscience qu'elle ne portait qu'une chemise de nuit légère à fines bretelles.

Sa raison lui hurlait de s'éloigner, mais elle commit l'erreur de lever les yeux. Quand elle rencontra son regard vert fiévreux, elle y reconnut cette lueur impudique dont elle n'avait fait que rêver pendant les cinq jours qui venaient de s'écouler.

Il la désirait. Et cette seule certitude enflammait ses sens. S'il lui restait un soupçon de sagesse, elle n'avait qu'à faire demi-tour et grimper dans sa chambre.

Mais, tandis qu'elle essayait de se raisonner, elle l'entendit murmurer son prénom. Incapable de résister à son appel, elle lui tomba dans les bras.

15.

Jack ferma les yeux et recula contre le plan de travail, en espérant que sa raison l'emporterait sur son désir, mais, au lieu de le laisser partir, elle noua les bras autour de son cou avec un gémissement lascif. L'étoffe de sa chemise de nuit glissait sur sa peau à chaque mouvement, et c'était à peine supportable.

Ses seins ronds et fermes s'écrasaient contre son torse. Quand elle émit une autre plainte, il rendit les armes. Il parcourut son cou de baisers jusqu'aux petits boutons qui fermaient le col de sa chemise. Il les dégrafa de ses doigts fébriles, et les fines bretelles glissèrent de ses épaules puis le long de ses hanches. Alors, il la souleva dans ses bras et l'assit sur le plan de travail afin de mieux profiter de son irrésistible nudité.

Sous l'effet de l'excitation, les pointes de ses seins s'étaient dressées. Il en emprisonna une dans sa bouche. Sa peau était brûlante, et elle sentait la vanille.

Elle lui caressait les cheveux en poussant des soupirs langoureux.

Au comble de l'impatience, Jack se débarrassa de son maillot de bain et écarta doucement les cuisses de la jeune femme. Ses doigts trouvèrent le point le plus sensible de son être, et elle se cambra en murmurant son prénom. Mais, au moment où il allait la prendre, elle retrouva la parole.

— Jack... arrête. Pas ici ! Si quelqu'un vient...

Jack eut besoin de quelques secondes pour revenir sur terre.

Avec un râle de frustration, il recula, ramassa sa serviette de bain et la noua autour de sa taille.

— Attends, ne pars pas ! lui dit Grace.

Sa voix tremblait légèrement. Elle se laissa glisser de son perchoir et se réfugia dans ses bras.

— Nous serions mieux dans un endroit tranquille, reprit-elle. Dans ma chambre, peut-être...

S'il voulait reculer, c'était maintenant ou jamais. Mais toutes les bonnes raisons qu'il invoquait pour repousser la jeune femme ne pesaient guère dans la balance, comparées à sa tendresse et à sa beauté.

— La mienne est plus près, dit-il, la voix nouée par l'émotion.

Il lui prit la main et l'entraîna derrière lui.

Arrivés dans la chambre, il la souleva dans ses bras pour l'allonger sur son lit.

— Ta peau est sucrée, dit-il : c'est un mélange de banane et de miel.

— Et toi, tu es salé, murmura-t-elle en se serrant contre son torse.

Il résista encore quelques minutes à cette délicieuse torture. Au moment où il allait la prendre, elle lui saisit la main.

— Jack, tu ne le regretteras pas, cette fois ? Promets-le moi !

Il la regarda intensément et la trouva magnifique. Sa crinière brune et ses grands yeux noirs contrastaient avec son teint pâle.

— Et toi, Grace, lui demanda-t-il, es-tu certaine de le vouloir ?

— Moi, oui. Je ne veux que toi.

Il l'aimait. Il en prit pleinement conscience au moment où il la pénétra.

Le pilote n'avait pas dormi plus de trois heures. Grace était bien placée pour le savoir, mais elle n'avait pas peur. Les gestes de Jack étaient sûrs, et le vol se déroula sans le moindre incident. Contrairement à l'aller, elle remarqua à peine les turbulences au-dessus du Pacifique. Elle avait les yeux fixés sur la nuque de son amant, sur ses cheveux blonds qui bouclaient sur sa peau bronzée, et elle l'aurait suivi au bout du monde.

Jack était aussi sérieux aux commandes de l'avion que décontracté lorsqu'il bâtissait des châteaux de sable avec sa fille ou qu'il surfait sur les vagues, au lever du soleil.

La jeune femme était fascinée par les multiples facettes de sa personnalité. Il était à la fois un père aimant et protecteur, un brillant businessman, un sportif audacieux, un ami véritable et... un amant merveilleux.

Comment vivre sans cet homme ?

Bien qu'il ne le lui eût jamais dit, Grace était

certaine qu'il l'aimait. Mais, dès qu'ils poseraient le pied à Seattle, la réalité reprendrait ses droits et leur beau rêve s'évanouirait. Il fallait se rendre à l'évidence : Jack avait besoin de reconstruire sa vie avec une personne positive, pas avec une pauvre femme au cœur brisé par la mort de son enfant.

Jack avait déjà fait preuve de tant de patience et de générosité ! Il lui avait rendu le goût de vivre. Et puis, il y avait cette petite Emma. Jamais Grace ne pourrait l'aimer comme elle avait aimé sa propre fille.

Même si, grâce à Jack, elle avait pu commencer son deuil, elle savait qu'une partie de son cœur — celle qui renfermait les dessins d'enfant et les contes pour s'endormir — était définitivement morte depuis la disparition de Marisa.

Jamais, jamais Emma ne pourrait prendre cette place.

Instinctivement, Grace tourna la tête vers la fillette qui dormait à poings fermés après cinq heures d'activités ininterrompues. Jeux, histoires, chansons, devinettes avaient fini par avoir raison de son énergie apparemment inépuisable.

C'était une adorable petite fille. Grace aurait aimé pouvoir dégager les boucles blondes de son visage poupin et embrasser son front.

En tournant la tête, elle croisa le regard de Lily. La gouvernante posa son magazine et déboucla sa ceinture pour venir rejoindre la jeune femme.

— Nous allons atterrir, dit-elle en s'asseyant à côté de la jeune femme. Le vol s'est bien passé, n'est-ce pas ? Jack est un pilote hors pair !

— Je suis bien d'accord avec vous, dit Grace.

— Où en êtes-vous de votre broderie ?

Avec un soupir, Grace sortit l'ouvrage de son sac et le soumit à l'œil expert de l'impitoyable inspectrice.

— Bravo !

Les yeux sombres de Lily s'illuminèrent, et un large sourire arrondit encore ses joues.

— Vous vous êtes vraiment bien débrouillée.

Grace dut admettre que son travail était réussi. Quand Lily lui avait fait choisir un motif, la jeune femme avait opté pour un médaillon central avec des dauphins qui dansaient joyeusement, et une bordure faite d'une alternance de coquillages et d'étoiles de mer.

Marisa aurait adoré cette broderie.

— C'est presque terminé, dit Lily. Dans quelques jours, on pourra l'encadrer. Si vous le souhaitez, je demanderai à Tiny de s'en charger. Vous n'aurez qu'à choisir le bois et la couleur.

Grace reprit l'ouvrage avec d'infinies précautions.

— Vous savez comme moi qu'il est loin d'être terminé. Il reste encore beaucoup de travail. Et vous savez aussi qu'une fois à Seattle je n'aurai plus autant de temps à lui consacrer.

Lily haussa les épaules.

— Quelle importance ? Vous finirez bien un jour. Si ce n'est pas la semaine prochaine, ce sera la suivante.

Devant tant de flegme et de philosophie, la jeune femme n'insista pas. Lily voyait dans cette broderie une sorte de thérapie. Pendant que la jeune femme s'y consacrait, elle ne pensait plus à son malheur. De là à imaginer que son chagrin prendrait fin quand l'ouvrage serait terminé, il n'y avait qu'un pas.

Hélas, la vie n'était pas aussi simple.

Cette semaine, elle avait fait un pas en avant en acceptant la mort de Marisa. Mais cela ne signifiait pas que sa souffrance avait diminué, et elle pourrait réaliser autant de broderies que la vie lui en laisserait le temps, ça ne changerait probablement rien.

— Attachez vos ceintures, dit Jack, depuis le cockpit. Nous atterrissons. Nous rentrons chez nous.

Chez nous.

Grace regarda par le hublot, alors qu'ils amorçaient la descente. Les lumières de Seattle scintillaient à travers les nuages. Le temps semblait humide et froid, c'est-à-dire normal pour la saison, et le moral de Grace descendit encore d'un cran.

Dès ce soir, elle annoncerait à Jack son intention de quitter la maison. Il protesterait, elle le savait; il essaierait de la persuader de rester, mais elle serait ferme.

S'il était toujours inquiet pour la sécurité de sa fille, il n'aurait qu'à engager quelqu'un d'autre.

Maintenant, c'était elle qu'elle devait protéger.

Ce point de vue était certainement égoïste, mais c'était pour elle la seule façon d'oublier Jack. Il était trop dangereux pour elle de continuer à vivre dans sa maison, même si elle était terrifiée à l'idée de se retrouver seule avec son chagrin.

— Tu dors ?

Une voix douce lui parvint dans son rêve de sable chaud et de mer bleue. En s'éveillant, elle s'aperçut qu'elle était dans le fauteuil du salon. La lumière bleue du poste de télévision baignait le visage de Jack, tout près du sien.

— Tu ne veux pas aller au lit ? lui demanda-t-il.

— Quelle heure est-il ?

— Un peu plus de 3 heures.

Elle s'étira voluptueusement. Il était presque minuit lorsque Piper les avait déposés à la maison, et Jack était resté à l'aéroport, le temps d'effectuer les formalités nécessaires après un vol.

Grace avait décidé de l'attendre pour lui parler dès son retour. Elle se rappelait avoir allumé la télévision... puis le sommeil avait dû la terrasser.

Elle ne lui demanda pas pourquoi il rentrait si tard. Il n'avait pas de comptes à lui rendre.

— Pourquoi n'es-tu pas couchée ? lui demanda-t-il.

— Je t'attendais.

Il lui sourit. Une émotion mêlée de tendresse se lisait sur son beau visage.

— Je suis content que tu m'aies attendu, murmura-t-il.

Elle n'osa pas lui avouer ce qu'elle projetait. De toute façon, elle n'en aurait pas eu le temps car il la prit dans ses bras et l'embrassa passionnément.

— Ah, Grace, comme tu m'as manqué, aujour-
d'hui !

— Nous avons passé la journée ensemble,
pourtant !

— Oui, mais j'avais envie d'être seul avec toi.

A ces mots, toutes les défenses de la jeune
femme s'effondrèrent.

« Encore une fois, se dit-elle, une dernière fois,
pour savourer le bonheur d'être dans ses bras et
garder le souvenir de notre merveilleuse idylle ! »

16.

Grace faisait ses bagages lorsque Jean appela.

Lily lui apporta le téléphone mobile dans sa chambre et, quand elle aperçut la pile de vêtements et la valise sur le lit, elle fronça les sourcils d'un air désappointé.

— Je suis désolée, Lily, lui dit Grace, mais je dois partir.

La gouvernante pinça les lèvres et lui tendit le téléphone.

— Ce n'est pas mon problème si vous voulez vous sauver.

— Mais... je ne me sauve pas ! C'est juste que...

— Je ne veux pas le savoir, répéta Lily d'un ton plus ferme.

— Je n'ai pas pu prévenir Jack, ce matin.

A son réveil, vers 7 heures, elle était seule dans son lit. Il ne restait de Jack que l'odeur épicée de son eau de toilette : un mélange de pin et de santal.

Elle ne pourrait plus jamais se promener dans une forêt sans penser à lui.

Il y avait aussi un petit mot pour elle sur la table de nuit :

« Je dois me rendre à Seattle de toute urgence. A mon retour, il faut que nous parlions. Jack. »

« Il faut que nous parlions. »

Ce mot bref et sec avait fait frémir la jeune femme, et l'avait incitée à plier bagage avant le retour de Jack pour éviter une scène de rupture et ne garder que le souvenir de leur dernière nuit d'amour.

— Vous le lui direz ? demanda Lily.

— Oui, répondit la jeune femme, prise de remords, en plaquant la paume de la main contre le micro du téléphone. Je lui parlerai dès qu'il rentrera.

— Et la tapisserie ? Vous ne l'avez pas terminée.

Cela tournait à l'obsession. Quand cette femme avait une idée en tête, elle n'en démordait pas. Grace sentit la moutarde lui monter au nez.

— Je l'emporte avec moi, déclara Grace. Je connais les points, à présent : je la terminerai chez moi. Il est temps que je regagne mes pénates.

Lily posa sur la jeune femme un regard sombre et déçu, puis, sans un mot de plus, elle tourna les talons et disparut dans le couloir.

Grace se rappela soudain que Jean était toujours au téléphone.

— Allô !

— Eh bien, ce n'est pas trop tôt ! Pourquoi as-tu mis autant de temps à répondre ?

La sempiternelle impatience de Jean l'énerva, mais elle fit un effort pour se contenir.

226

— Que se passe-t-il ? lui demanda-t-elle d'un ton plus sec qu'elle ne l'aurait voulu.

— Il y a du nouveau !

— A quel sujet ?

— Nous le tenons !

— Qui ?

— Dugan ! Qui veux-tu que ce soit ?

Grace crut qu'elle allait défaillir. L'espace d'un instant, elle fut incapable de dire le moindre mot.

— Que... de quoi parles-tu ? demanda-t-elle finalement.

— Votre petite expédition à Hawaii l'a poussé vers le précipice. Il paraît qu'il n'a pas rapporté que des ananas dans ses bagages.

Grace eut l'impression que le ciel lui tombait sur la tête. Tout cela n'avait aucun sens.

— Vous avez des preuves ? demanda-t-elle d'une voix blanche.

— On en cherche. Sans preuves, on ne peut rien faire : tu connais les juges !

Il s'interrompit et, pour échapper à son petit discours habituel sur les juges — son sujet favori —, elle enchaîna vivement :

— Qu'a-t-il bien pu rapporter, à ton avis ?

— AK-47s, armes à répétition de fabrication chinoise. Elles ont fait le détour par l'aéroport d'Honolulu. Nous pensons que ces joujoux étaient cachés sous d'inoffensifs ordinateurs, et qu'ils sont passés au nez et à la barbe des douaniers.

La jeune femme ne pouvait pas y croire. Il devait y avoir une erreur.

— Comment peux-tu en être sûr ?

— Disons que j'en suis presque sûr : à quatre-vingt-dix-neuf virgule neuf pour cent. Nos sources sont on ne peut plus sérieuses.

Donc, il restait un doute, et Grace savait qu'elle devait s'y accrocher. Elle refusait l'idée que Jack fût impliqué dans une affaire aussi sordide.

Un homme qui consacrait autant de temps à sa fillette de cinq ans, qui l'avait écoutée une nuit entière parler de son enfant mort et qui achetait une maison à un couple de domestiques ne pouvait pas être un criminel.

Le Jack Dugan qu'elle avait découvert durant cette semaine n'était pas un trafiquant d'armes. Sa conviction était faite. Et, si elle n'agissait pas immédiatement, Jack serait arrêté dans la journée.

Elle expira longuement. Tout était de sa faute : au lieu de poursuivre son enquête, elle avait fait de la couture !

Jack avait raison quand il lui reprochait de s'apitoyer sur son sort. Plutôt que penser à elle, elle aurait pu chercher à savoir qui, à la C.P.F., s'adonnait au trafic d'armes dans le dos de Jack.

Elle s'éclaircit la voix.

— Quel est le programme, à présent ?

— Dès que nous aurons réuni les preuves — ce qui devrait être fait dans l'après-midi —, nous ferons une descente à la C.P.F. Je pense que nous irons le cueillir chez lui demain matin.

— Déjà ?

— Oui. C'est la raison pour laquelle je t'appelle : tu ferais mieux de mettre les voiles. Je

228

ne tiens pas à ce que tu te trouves là quand la police débarquera. On pourrait se poser des questions auxquelles je n'ai pas envie de répondre en ce moment. Est-ce que tu peux filer sans éveiller les soupçons ?

Non, non et non ! Elle devait rester pour aider Jack.

Son regard alla de sa valise posée sur le lit à la baie vitrée mouillée de pluie.

— Je ne crois pas, marmonna-t-elle.

Jean demeura silencieux un moment, puis son ton se durcit. Grace s'étonna, une fois de plus, de le connaître aussi bien.

— Que se passe-t-il, Grace ? Je croyais que tu allais bondir de joie en apprenant cette nouvelle !

— Je suis simplement surprise que tout soit allé aussi vite.

— Oui, je comprends, mais nous lui avons tendu un piège et, si tu ne veux pas y tomber avec lui, file aussi vite que tu le pourras, ma grande.

Prise au piège, elle l'était déjà, et elle se demandait bien comment elle allait en sortir. Elle bredouilla deux mots, et prit congé. A l'autre bout du fil, Riley était tout excité, comme chaque fois qu'il était sur le point d'effectuer une arrestation.

Jack allait être arrêté ! Elle n'avait que quelques heures devant elle pour le sauver.

Voilà donc ce qu'on éprouvait quand on était amoureux ! Jack n'avait pas ressenti un tel vertige depuis qu'il avait piloté un F15, au Canada, et qu'il avait été contraint, alors qu'il survolait la toundra, en plein Yukon, de se poser sans train d'atterrissage.

Il retrouvait les mêmes sensations que lors de cette expérience qui avait bien failli lui coûter la vie : estomac noué, douleurs au thorax, mains moites, nerfs en pelote. Et il fallait ajouter à tout cela une tendresse immense qui débordait de son cœur.

S'il ne manquait pas d'expérience quand il s'agissait de piloter un avion à réaction, en amour, par contre, il se sentait comme un novice, et il n'avait aucune idée de ce qui l'attendait. Tout ce qu'il savait, c'était qu'il avait tenu Grace dans ses bras toute la nuit et qu'il n'envisageait plus de vivre sans elle. Ses angoisses et ses doutes avaient fondu comme neige au soleil.

Grace l'aimait, elle aussi, il en était sûr. Même si elle n'en avait gardé aucun souvenir, elle avait dormi en le serrant contre elle comme s'il avait été son plus grand trésor.

Et il avait adoré ça.

D'ailleurs, il aimait tout chez elle : depuis son froncement de sourcils quand elle était penchée sur sa couture, jusqu'à sa sincérité quand elle parlait d'elle, en passant par son humour et sa douceur. Même ses défauts lui plaisaient : ses contradictions, ses sautes d'humeur, son fichu caractère qu'il se promettait d'adoucir avec le temps.

Vivre avec Grace serait un véritable bonheur. Il imaginait déjà les soirées, les week-ends, les dîners, les promenades, les vacances avec cette femme merveilleuse.

Tous les problèmes n'étaient pas réglés, loin de là. Grace avait encore besoin de temps pour faire le deuil de sa fille, mais il l'y aiderait de toute son âme.

Et puis, il y avait Emma...

Avec un sourire de pur bonheur, il plongea la main au fond de sa poche où se trouvait le petit écrin.

Mais, au moment où il allait entrer dans la maison, il se sentit envahi par le doute. N'était-il pas allé un peu vite en achetant cette émeraude ? La jeune femme risquait de prendre peur à l'idée de devenir la belle-mère d'Emma. Elle n'était peut-être pas prête. Pas encore. Rien ne pressait. Tout compte fait, il allait lui laisser un peu de temps...

La maison était parfaitement silencieuse quand il entra. Emma devait être au parc avec Lily. Mais que faisait Grace ?

Jack fit le tour du salon, puis il alla frapper à la porte de sa chambre, sans succès. Il en déduisit avec une certaine satisfaction qu'elle avait dû accompagner Lily et Emma dans leur promenade.

Il décida de mettre à profit cette heure de liberté pour donner quelques coups de téléphone professionnels. Parvenu devant la porte de son bureau, il cherchait son trousseau de clés quand il entendit un bruit suspect à l'intérieur de la pièce.

Surpris, il tourna la poignée de la porte. Elle était ouverte !

Il pénétra lentement dans la pièce en se deman-

dant qui s'était permis d'entrer sans son auto-
risation, et resta pétrifié en voyant Grace assise
dans son fauteuil, en train de fouiller dans ses dossiers.

Ce spectacle le laissa sans voix. La jeune
femme, quant à elle, dut sentir sa présence car elle
leva les yeux vers lui. En d'autres circonstances, il
aurait éclaté de rire devant son air confus.

Mais il n'avait pas du tout envie de rire. Il
continuait à la regarder sans rien dire.

— Jack! Tu es... tu es rentré tôt.

Il prit une profonde inspiration.

— Oui. Tu avais besoin de quelque chose?

« Un stylo, des ciseaux, une agrafeuse... Dis-
moi n'importe quoi! »

— Je...

Sa voix s'altéra et le rouge lui monta aux joues.

— Tu quoi?

— Je dois t'expliquer.

Il referma la porte derrière lui et avança vers le
bureau. La façon dont elle se recroquevilla au
fond du fauteuil lui mit le cœur en pièces. Elle
avait peur de lui. Après tous les merveilleux
moments de tendresse qu'ils avaient partagés!

La rancœur qu'il éprouvait rendit sa voix aussi
coupante qu'un rasoir.

— J'attends, en effet, que tu m'expliques ce
que tu fais dans mon bureau que j'avais fermé à
clé, ce matin, en partant. Comment es-tu entrée?

— J'ai forcé la serrure. C'est un jeu d'enfant,
tu sais. N'importe qui pourrait entrer.

Jack sentit la colère s'emparer de lui, et ce sentiment le soulagea momentanément de l'amère déception qu'il ressentait.

— Que se passe-t-il, Grace ? Si tu avais besoin de quelque chose, tu n'avais qu'à me le demander. Tu n'avais pas besoin de forcer ma porte.

— Jack, il faut que je te parle.

— Oui, apparemment.

Il s'assit sur le bord du bureau.

— Vas-y, je t'écoute.

Elle se mordit la lèvre, puis redressa les épaules et affronta son regard.

— Je ne devrais rien te dire. Je trahis le code de déontologie que j'ai juré de respecter. Si Jean l'apprend, il ne me le pardonnera jamais.

— Jean ? Ton ancien collègue ?

— Oui.

— Qu'a-t-il à voir avec le fait que tu fouilles mon bureau ?

Grace hésita, détourna les yeux, le regarda de nouveau.

— Il fait partie d'une commission qui travaille avec le service des fraudes : celui qui enquête sur les activités de la C.P.F.

A ces mots, Jack ouvrit de grands yeux stupéfaits.

— Mais... pourquoi ?

— Tu es soupçonné d'un trafic d'armes.

Cette nouvelle lui fit froid dans le dos.

— C'est une mauvaise plaisanterie ou quoi ?

Grace secoua la tête.

— J'aimerais bien, mais, en ce moment même, la police attend le feu vert pour effectuer une perquisition dans ta société, puis chez toi. Ils le feront certainement dans la soirée.

Jack passa une main nerveuse dans ses cheveux.

— Qu'est-ce que c'est que cette histoire ? Je dirige une compagnie de commerce international qui a pignon sur rue. Mon personnel est trié sur le volet. Je n'ai jamais eu le moindre ennui avec personne.

— Tu es sous surveillance depuis des mois. C'est une affaire grave, Jack.

Les questions se bousculaient dans la tête de Jack. Depuis plusieurs semaines ? Avant l'enlèvement d'Emma ? Le kidnapping avait-il un lien avec ce trafic ?

Et Grace ? Qu'avait-elle à voir dans tout ça ? Elle n'était plus en fonction au commissariat de police de Seattle. Et cette angoisse qu'il avait lue dans ses yeux lorsqu'ils avaient évoqué la nuit de l'accident ? Lui avait-elle caché les véritables raisons de sa présence sur cette autoroute ?

— Et l'enlèvement d'Emma ? Tu étais déjà au courant de cette enquête quand tu as sorti ma fille de la voiture ?

— Non.

— Depuis quand le sais-tu ?

Elle eut un geste d'impatience.

— Je l'ai appris quelques jours après que tu m'as ramenée chez toi. Jean m'a appelée. C'était le jour où tu m'as demandé de travailler pour toi.

Il se remémora le fameux jour, son refus catégorique, tout d'abord, puis son revirement

234

incompréhensible. A présent, tout s'éclairait. La façon dont il avait été dupé lui arracha un frisson d'horreur.

— C'est la raison pour laquelle tu as accepté ma proposition, n'est-ce pas ? La technique du cheval de Troie ! Quelle situation rêvée pour m'espionner et aider ton ami dans son enquête !

Son hochement de tête penaud lui fit l'effet d'un coup de poignard.

Il l'aimait, et elle l'avait trahi.

— Tu ne fais plus partie de la police depuis un an. Pourquoi t'a-t-il impliquée dans cette affaire ?

Elle regarda ses mains étroitement croisées sur le bureau.

— Il ne voulait pas. C'est moi qui ai insisté.

Il pensa qu'elle ne pouvait pas lui faire plus de mal. Mais il était encore loin de la vérité.

— Tu me hais donc à ce point ?

L'émotion lui brisait la voix.

— Pourquoi ? Qu'est-ce que je t'ai fait ?

— Rien. Ce n'est pas toi.

— Pourquoi, alors ? Bon sang, Grace, pourquoi m'as-tu espionné ?

Il y eut un long silence. La jeune femme était étrangement calme. Quand elle leva les yeux vers Jack, ils étaient pleins de larmes.

— Par vengeance. Je voulais me venger sur toi. Je souffrais, et je voulais que tu souffres aussi. Que tu payes en allant croupir en prison. Que tu saches à quoi ressemble la vie quand on a tout perdu.

Jack n'eut pas le temps d'exprimer son dégoût, car elle reprit d'un ton plus posé, cette fois :

— La police a découvert que, depuis trois ans, ta société fournit en armes les réseaux mafieux du Comté.

Elle plongea son regard dans le sien.

— Parmi ces armes, il y a la AK-47 : la mitraillette qu'on a utilisée pour tuer ma fille.

— Et tu m'as laissé te faire l'amour alors que tu me croyais responsable du meurtre de Marisa ?

— Non ! Je... je le pensais au début, mais, quand j'ai découvert qui tu étais vraiment, tous mes soupçons se sont envolés. Il y a quelqu'un d'autre dans ta société qui est coupable. C'est la seule explication possible.

Quelqu'un d'autre ! On l'avait trahi aussi à la C.P.F. ? Décidément, il était bien naïf. Il ne savait pas ce qui lui faisait le plus de mal : qu'on le soupçonnât de cette horreur ou que l'un de ses employés eût abusé de sa confiance ?

— Quand Jean m'a appelée, ce matin, pour m'annoncer ce qui t'attendait aujourd'hui, j'ai cherché un moyen de te sortir de ce mauvais pas. Je suis venue ici dans le but de trouver les preuves de ton innocence.

— Les as-tu trouvées ?

Il n'eut pas à attendre sa réponse pour être fixé. Son visage parlait pour elle : cette façon d'éviter son regard, ses lèvres serrées.

Une petite sonnerie ferme et claire vibra au milieu de la tension qui régnait dans la pièce. C'était le téléphone portable de Jack. Dans un premier temps, il l'ignora. Puis, se rappelant qu'il risquait d'être arrêté d'une heure à l'autre, il jugea plus prudent de répondre.

C'était Sydney qui lui annonça dans la plus grande confusion qu'un bataillon de policiers venait de faire irruption dans la société avec un mandat de perquisition. Il l'écouta jusqu'au bout sans l'interrompre.

— J'arrive tout de suite, dit-il enfin. Si j'attrape le prochain ferry, je suis là dans une heure. Syd, laisse-les fouiller où bon leur semble. Je n'ai rien à cacher.

La communication terminée, il rangea son téléphone et se tourna vers Grace qui était plus pâle que jamais.

— Ils sont là-bas ? demanda-t-elle.

— Oui.

— Je suis désolée, Jack.

Il n'avait pas envie de l'écouter. Elle lui avait menti. Ils avaient fait l'amour, elle l'avait serré dans ses bras, elle s'était donnée à lui, tout en sachant que son monde était sur le point de s'effondrer.

Au prix d'un effort surhumain, il parvint à contrôler sa rage en lui adressant la parole pour la dernière fois.

— J'espère que tu ne seras plus là quand je rentrerai, dit-il sans la regarder. Tu peux prendre l'une des voitures, si tu veux.

Elle murmura une petite phrase inaudible au moment où Jack se détournait et quittait le bureau.

17.

Grace fut quelque peu soulagée en se rappelant que ses bagages étaient prêts. Puis elle songea qu'elle n'aurait jamais dû accepter de partir pour Hawaii. Si elle était restée ici, elle aurait pu se concentrer sur cette enquête.

Mais, d'un autre côté, si elle ne l'avait pas accompagné, elle n'aurait jamais su quel homme il était vraiment et, comme Jean, elle aurait continué à le croire coupable. En partageant ces petites vacances avec lui, elle avait découvert ce qu'il valait vraiment, à quel point il pouvait être généreux, délicat, entier.

Si, au moins, elle avait eu l'honnêteté de le prévenir qu'il était surveillé! Mais elle s'était laissé séduire par le charme de l'endroit, à tel point qu'elle avait presque oublié les soupçons qui pesaient sur lui...

Et maintenant, il était trop tard. Elle l'avait déçu, et il ne voulait plus la voir. Comment lui en vouloir? A sa place, elle aurait réagi exactement de la même façon.

Elle jeta un dernier regard vers la baie qui

embrassait le golfe du Sound. Les fleurs qui bor-
daient la corniche s'étaient fanées pendant leur
absence. Mais la vue était toujours aussi stupé-
fiante.

Cette maison lui manquerait, ainsi que Lily,
Emma, Tiny.

Et Jack. Jack qui l'avait ramenée de son
monde sans couleurs vers un univers de rire et
de lumière.

Elle ressassait ces amères pensées, tout en faisant le tour de la chambre afin de vérifier si elle
n'oubliait rien. Ses bagages se limitaient à cette
petite valise posée sur le lit. Dans cinq minutes,
elle appellerait un taxi.

Elle n'avait pas envie de retourner dans son
appartement : c'était comme revenir à la case
départ. Pourtant, elle n'avait pas d'autre endroit
où aller.

Elle bondit de surprise en entendant claquer la
porte d'entrée. Il était tout juste 2 heures.

— Bonjour, Grace. Qu'est-ce que tu fais ?

Emma se tenait sur le pas de la porte, son
caniche en peluche dans les bras.

Emma. Petite Emma.

Grace sentit une boule se former dans sa
gorge.

— J'admire le paysage et je réfléchis. Et toi,
ma chérie ?

— Je joue. Tu sais, j'ai perdu ma dent, au
parc. Regarde !

Elle déplia un mouchoir en papier au milieu
duquel se trouvait une minuscule incisive.

— La souris va passer, alors !

— Oui. Ce soir, je vais la mettre sous mon oreiller, dit la fillette en repliant son mouchoir.

— Où est Lily ?

— Partie faire la sieste. La marche à pied, ça la fatigue toujours. Elle voulait que je dorme aussi, mais moi, je n'ai pas envie. Elle a dit qu'il fallait quand même que je reste tranquille. Alors, je joue. Betty est ma petite sœur. Tu veux jouer avec nous ?

Qu'adviendrait-il d'Emma si Jack était arrêté ? Lily serait toujours là, mais la petite ne supporterait pas d'être séparée de son père, même pour une nuit ou deux.

Grace se sentait doublement coupable de devoir abandonner la fillette dans un moment aussi critique, mais avait-elle le choix ? Jack lui avait signifié clairement qu'elle devait partir.

Toutefois, il ne rentrerait pas avant au moins 5 heures de l'après-midi. Elle pouvait donc rester jusqu'au réveil de Lily.

— Oui, je vais jouer avec toi un petit moment, répondit-elle. Mais pas trop longtemps, O.K. ?

— O.K.

Avec un grand sourire, la petite fille glissa sa main dans la sienne et l'entraîna dans sa chambre : un univers rose et vert peuplé de poupées, de crayons de couleur, de peluches et de livres.

Grace avait toujours soigneusement évité ce décor enfantin, tout comme elle avait essayé de résister au sourire de la fillette.

— Toi, tu es la maman, d'accord ? Et Betty et moi, on est tes petites filles.

La jeune femme s'était découvert des forces insoupçonnées, ces derniers jours ; elle était donc capable de jouer à la maman avec Emma.

Les consignes étaient simples : elle devait s'installer devant la cuisine miniature et préparer des gâteaux pendant qu'Emma lisait des histoires à sa petite sœur.

Dix minutes s'écoulèrent. Peu à peu, Emma perdait sa bonne humeur et devenait pensive. Finalement, elle s'allongea sur son lit en serrant sa poupée contre elle et en suçant son pouce. Grace crut qu'elle allait s'endormir, mais, quand elle s'approcha d'elle pour lui dire au revoir, elle s'aperçut que la fillette était au bord des larmes.

— Qu'y a-t-il ? lui demanda-t-elle.

— Je ne veux plus faire semblant. Je veux que tu sois vraiment ma maman, et que tu me fasses des vrais gâteaux.

Emma eut un mal fou à contenir son émotion.

— Ma chérie, murmura-t-elle en prenant Emma dans ses bras, Lily te prépare des gâteaux tellement délicieux ! Tu les aimes, n'est-ce pas ?

— C'est pas pareil. Lily, c'est une grand-mère. Moi, je veux une vraie maman. Une maman jeune et belle, comme celle de mon amie Brittany. Pourquoi tu veux pas être ma maman ?

— Oh, ma chérie !

Elle posa son menton sur les cheveux de la fillette.

— Ce n'est pas aussi simple. Un jour, ton papa rencontrera une dame qu'il aimera, une dame qui vous aimera tous les deux et que tu aimeras aussi. Ton papa l'épousera, et elle deviendra ta maman.

— Toi, tu nous aimes pas ?

La question résonna longtemps dans l'esprit de Grace.

« Tu nous aimes pas ? »

« Si ! »

Grace regarda la fille de Jack, avec ses boucles blondes et ses grands yeux tristes, et elle ressentit un vide immense, comme si elle sautait en parachute.

Comme elle avait été stupide ! Elle avait tout fait pour fermer son cœur, mais Jack Dugan et sa fille s'y étaient glissés à son insu.

Elle les aimait, tous les deux.

Comment avait-elle pu prétendre aimer Jack sans aimer ce qu'il avait de plus cher au monde : sa fille ? Lui qui l'avait écoutée avec tant de sensibilité quand elle lui parlait de Marisa, lui qui lui avait déclaré qu'il aurait aimé la connaître...

Mais Grace savait, à présent, qu'elle avait aimé Emma avant même de rencontrer Jack : ce lien profond qui les unissait toutes les deux et dont elle avait si longtemps refusé de prendre conscience datait du jour de l'accident.

Elle allait répondre à la fillette quand la porte de la chambre s'ouvrit.

Grace s'attendait à voir entrer Lily, mais c'était Piper qui se tenait sur le seuil. Il lui parut très anachronique dans son costume couleur miel.

Quand il vit Grace, il parut encore plus surpris qu'elle. Le tremblement de ses mains et son extrême pâleur n'échappèrent pas à la jeune femme. Elle avait suffisamment servi dans la police pour reconnaître les signes de la peur.

Mais ce qui la fit frémir, ce fut le revolver glissé dans la ceinture de son pantalon. Il n'en fallut pas davantage à la jeune femme pour comprendre qu'elle avait devant elle l'un des trafiquants d'armes de la C.P.F. Et rien n'était plus dangereux qu'un gangster qui se sentait traqué.

Piper ne semblait pas vouloir utiliser son arme pour le moment, mais tout pouvait basculer d'une minute à l'autre, et Grace savait qu'elle devait absolument conserver son sang-froid pour protéger Emma.

— Bonjour, oncle Piper ! s'exclama l'enfant. Grace et moi, on joue à la maman. Tu veux jouer avec nous ? Toi, tu seras le grand-père.

Piper posa sur la fillette un regard affolé. Malgré l'extrême tension qui l'habitait, son visage s'adoucit l'espace d'une seconde. L'affection qu'il éprouvait pour Emma était indéniable. C'était un atout considérable, pensa Grace, même si elles n'étaient pas pour autant sorties d'affaire. De quoi était capable un homme aux abois ?

— Bonjour, mon cœur. Je n'ai pas le temps de jouer maintenant.

Grace fit mine de ne pas avoir remarqué le revolver.

— Quelle surprise, Piper ! dit-elle d'un ton étonnamment naturel. Vous êtes venu voir Emma ?

Piper se frotta le front, visiblement en quête d'une explication. Il était possible qu'il fût venu sans but précis, ce qui n'était guère plus rassurant.

La peur et le manque d'organisation ne faisaient pas bon ménage.

— Je suis venu... la chercher, déclara-t-il finalement. C'est Jack qui m'envoie pour que je la ramène au hangar. Il veut dîner avec sa fille dans un fast-food.

Grace savait pertinemment qu'il mentait. Pour l'heure, la C.P.F. était investie par une dizaine de policiers, et Jack avait certainement d'autres priorités qu'aller dîner au fast-food avec Emma.

La jeune femme s'empressa d'envisager toutes les éventualités. Quel intérêt Piper aurait-il eu à enlever Emma ?

Apparemment, il ignorait que c'était Jack que la police visait. Ou alors il se doutait qu'après avoir établi l'innocence de Jack la police se tournerait vers lui.

Le plus logique, pour un gangster en fuite, c'était de quitter le pays. Mais pourquoi s'embarrasser d'une fillette de cinq ans ?

Soudain, Grace comprit exactement ce qui se passait. Piper était pilote : il devait projeter de s'enfuir en avion. Le seul engin qu'il pouvait prendre se trouvait dans le hangar de la C.P.F., un lieu qui, actuellement, grouillait de policiers.

Mais, s'il entrait dans le hangar avec une fillette de cinq ans en otage, aucun policier n'oserait l'arrêter.

— Au fast-food? s'exclama Emma. Super! Je vais prendre le menu enfant pour avoir un cadeau.

— Comme tu veux. Allons-y, alors.

Il n'était pas question pour Grace de laisser Piper emmener l'enfant. Mais, comme il était armé, elle n'avait pas d'autre choix que de les accompagner, dans un premier temps.

Elle essaya de sourire amicalement à Piper.

— Laissez-moi le temps d'enfiler une veste : je viens avec vous.

Un éclair de panique jaillit dans les yeux de Piper.

— Non, pas vous! Jack a bien spécifié : seulement Emma.

— Ils n'iront pas sans moi. J'adore les hamburgers.

Les pensées qui agitèrent un moment l'esprit de Piper étaient transparentes. Grace sut immédiatement qu'il était arrivé à la conclusion qu'après tout deux otages valaient mieux qu'un.

— Très bien, dit-il. Habillez-vous. Mais faites vite : Jack va s'impatienter.

L'attente du ferry puis la traversée du Sound constituèrent un véritable calvaire.

Piper décida qu'ils resteraient tous les trois dans la voiture. Grace, qui ne voulait surtout pas le contrarier, ne discuta pas. Elle épuisa tous les sujets de conversation possibles pour capter son attention et l'obliger à rester calme. Elle parla sans interruption de la pluie et du beau temps, du dernier match de basket, du paysage. Piper, muet de terreur, répondait par monosyllabes, en jetant des yeux égarés sur sa montre et vers le ciel.

Emma sentait bien que quelque chose ne tournait pas rond. Sagement assise sur la banquette arrière, elle se garda bien de manifester le désir d'aller voir les sirènes.

A la sortie du ferry, ils prirent la direction de la C.P.F., et le compte à rebours commença, martelé par le sang qui battait les tempes de la jeune femme. Un coup d'œil dans le rétroviseur lui permit de vérifier qu'Emma avait fini par sombrer dans le sommeil.

C'était le moment ou jamais de tenter de raisonner le gangster. Il ne leur restait que quelques minutes avant d'arriver à la C.P.F.

— Jusqu'où pensez-vous aller ? lui demanda-t-elle d'un ton calme.

Il répondit sans quitter la route des yeux :

— Jusqu'à la C.P.F. Jack attend Emma : je vous l'ai déjà dit.

— Laissez tomber, Piper. Je sais tout.

— De... de quoi parlez-vous ?

— Je suis de la police.

Elle avait lâché ces mots sans réfléchir. Aussitôt après, elle prit conscience de leur véritable portée. En rendant sa plaque, elle avait cru faire une croix définitive sur cette période de sa vie, et voilà qu'en trois mots elle reprenait sa place : celle qu'elle n'aurait jamais dû quitter.

Durant leurs années de travail en équipe, elle avait expérimenté avec Jean une bonne vieille méthode qui consistait à se répartir les rôles entre le gentil et le méchant policier. Si Grace s'octroyait généralement le rôle du méchant, cette fois, elle marchait sur des œufs et devait user de trésors de diplomatie.

Pour sauver Emma, la meilleure tactique consistait à flatter la vanité de Piper et à le convaincre qu'il n'avait pas besoin de deux otages pour protéger sa fuite.

— Je devrais plutôt dire que j'étais dans la police, corrigea-t-elle. Mais j'ai gardé des contacts, si bien que je suis au courant pour le trafic d'armes. Je sais aussi que la C.P.F. est sous surveillance depuis des mois.

Elle poursuivit sur un ton carrément admiratif :

— Mais vous avez été beaucoup plus malin qu'eux, et ils n'y ont vu que du feu. C'est Dugan qu'ils soupçonnent.

Piper jeta un coup d'œil vers elle.

— Pas pour longtemps.

— En tout cas, vous leur avez échappé. Bravo.

— Ça n'a pas été facile, dit-il avec un modeste haussement d'épaules.

— Si vous êtes parvenu à tromper la vigilance de dix policiers, vous n'aurez aucun mal à quitter le pays.

— Vous croyez ?

Il la regarda, les yeux pleins d'espoir.

— Evidemment ! Si j'étais vous, je ne me ferais pas de soucis.

Elle marqua une pause.

— Dites-moi un peu, Piper. Je me pose une question. C'est au sujet de l'enlèvement d'Emma, le mois dernier. Que vient-il faire au milieu de ce commerce ? Je n'arrive pas à faire le lien. Pas plus que mes anciens collègues, d'ailleurs.

Piper serra les lèvres, puis soupira.

— J'étais contre, grommela-t-il, mais on avait besoin d'argent. On était pris à la gorge. Les Chinois voulaient l'argent comptant. Avec eux, on ne plaisante pas. Les autres ont décidé d'enlever Emma parce qu'ils étaient sûrs que Jack paierait la rançon sur-le-champ, quel que soit le montant. Ils m'avaient promis de ne pas toucher un cheveu de la petite.

Les autres ? Combien étaient-ils ? Deux ? Trois ? Une dizaine ?

Grace n'eut pas le temps de lui poser la question, car il enchaîna :

— C'est cet idiot de Vasquez qui a tout flanqué par terre. D'abord, il vole une voiture ; ensuite, il conduit en état d'ivresse, il a un accident et, pour couronner le tout, il prend la fuite en abandonnant la petite.

— Où est-il, maintenant ?

— Si je le savais ! Il nous a plantés là. A nous de nous débrouiller pour trouver l'argent ailleurs.

— Et vous l'avez trouvé ?

— Oui.

— Où ?

Devant son mutisme, la jeune femme n'insista pas.

— Pourquoi faites-vous cela, Piper ? Pour l'argent ? La C.P.F. est pourtant une entreprise florissante. Vous trouvez que vous ne gagnez pas assez ?

— J'ai été marié trois fois. Chaque dollar que je gagne est directement ponctionné par ces satanés avocats. Je vais avoir soixante ans dans un mois : j'arrive à la retraite, et je n'ai pas un sou devant moi. C'était une façon de voir venir.

Ses épaules s'affaissèrent. Il parut soudain beaucoup plus vieux, et Grace crut qu'il allait fondre en larmes. Elle réfréna un subit élan de sympathie pour cet homme pitoyable dont l'irresponsabilité avait failli coûter la vie à une fillette de cinq ans. D'ailleurs, le cauchemar était loin d'être terminé. En apercevant les panneaux indicateurs de la C.P.F., elle eut des sueurs froides.

— Nous sommes presque arrivés, Piper. Réfléchissez bien, à présent, dit-elle en faisant de gros efforts pour ne pas se départir de son calme. Je ne crois pas qu'Emma vous soit très utile. Elle va vous faire perdre votre temps. Pourquoi ne pas vous contenter de moi comme otage ?

Le doute s'insinua dans le regard de Piper, et elle crut qu'elle avait gagné. Mais, à la dernière seconde, la panique le reprit. Il agrippa le volant et secoua la tête.

— Non, non, personne ne m'empêchera de monter dans ce jet tant que la petite sera avec moi.

Puis il lança à Grace un regard suspicieux.

— Ne vous inquiétez pas, ajouta-t-il. Je vous jure que je ne lui ferai pas de mal.

Mais sa promesse ne suffit pas à rassurer la jeune femme.

Jack avait assisté, impuissant, à la fouille dévastatrice de son bureau. Ce n'était pas aux policiers qu'il en voulait : ils n'avaient fait que leur devoir. La responsable de ce désastre, c'était Grace.

Comment avait-il pu se tromper autant sur elle ? Etait-il à ce point stupide ? La vie ne lui avait-elle pas déjà donné assez de leçons ? Comment n'avait-il pas deviné que ses grands yeux noirs et sa bouche sensuelle cachaient, en réalité, une âme perverse, assoiffée de vengeance ?

Un bruit lui fit tourner la tête. C'était l'ancien collègue de Grace.

La plupart des policiers étaient repartis après avoir trouvé ce qu'ils cherchaient : cinq caisses de bois soigneusement cachées derrière les armoires, remplies d'armes automatiques et de pistolets mitrailleurs.

L'idée que la société qu'il avait bâtie à la sueur de son front eût servi à masquer un trafic d'armes lui donnait la nausée.

Mais la trahison de Grace le rendait encore plus malheureux.

— Vous avez fini ? demanda-t-il à Riley.

— Oui. En ce moment, l'équipe est en route vers votre domicile.

— Mon Dieu !

Il ferma les yeux. Qu'allaient penser Lily et Emma en voyant une horde de policiers investir la maison ? Il aurait pu les appeler pour les prévenir, mais, depuis son arrivée, il n'avait pas eu le temps d'y penser. Il se mit en quête du téléphone enfoui sous les dossiers éparpillés, mais Riley lui saisit le bras.

— Vous devez me suivre, à présent, Dugan. Nous avons à parler, tous les deux.

— J'aimerais appeler chez moi pour avertir ma famille.

— Il fallait y penser avant ! Quand on est père de famille, on ne se lance pas dans le trafic d'armes pour arrondir ses fins de mois.

— Mais je n'ai...

— En route.

S'il existait au monde un policier qui lui fût antipathique, c'était bien ce Riley. Pour sa nonchalante assurance et son beau regard arrogant, Jack lui aurait volontiers envoyé son poing dans la figure !

Quelle était sa véritable place dans la vie de Grace ? Quand il l'avait rencontrée, elle avait commencé par prétendre qu'elle n'avait ni famille ni amis, mais c'était encore un mensonge puisque Riley l'avait appelée au bout de trois jours.

— Vous m'arrêtez ?

— Pas encore, mais ça ne saurait tarder.

— Vous savez, comme moi, que vous n'avez pas le droit de m'emmener de force, n'est-ce pas ? En tout cas, pas avant que j'aie prévenu mon avocat.

— Ecoutez, Dugan, si vous faites des histoires, je me verrai dans l'obligation d'employer la manière forte. A vous de choisir.

— Je ne refuse pas de répondre à vos questions. J'ai la conscience tranquille. Mais je tiens à le faire ici, et en présence de mon avocat.

Riley ouvrit la bouche pour répondre, mais un bruit de moteur l'en empêcha.

Les deux hommes échangèrent un regard perplexe et se précipitèrent ensemble vers la baie vitrée qui donnait sur l'intérieur du hangar. Riley souleva le rideau, poussa un juron et se rua vers la porte. Jack regarda à son tour et fut pétrifié par la scène qui s'offrait à ses yeux.

Piper McCall avançait vers le jet. La pâleur de son visage et ses yeux exorbités le rendaient méconnaissable. Il portait Emma sur un bras et, de son autre main, il tenait un revolver plaqué contre la tempe de Grace.

« Reste calme ! Surtout, ne t'affole pas ! se disait Grace. Il ne nous fera pas de mal : il cherche seulement à s'enfuir. »

L'odeur lourde et pénétrante du kérosène emplissait le hangar. Les lumières fluorescentes du plafond les éblouissaient. Ils étaient devant le jet : ce même jet, fin et élégant, qui les avait transportés à Hawaii.

Les seuls bruits perceptibles étaient la respiration de Piper et les martèlements de son propre cœur. On entendait aussi, de loin, les parasites sur la radio de ce jeune policier qui avait tenté de leur barrer le passage quand ils étaient descendus de voiture.

Ce policier en uniforme, apparemment inexpérimenté, était le seul encore présent sur les lieux. Grace pria pour que le pauvre garçon ne cherchât pas à faire du zèle.

En fait, elle ne comptait que sur elle-même pour sauver Emma. Aucun de ses arguments n'avait convaincu Piper de relâcher la fillette, et elle se creusait la tête pour imaginer d'autres stratagèmes.

— Allez-y : montez !

Piper la poussa devant lui et l'obligea à gravir les six marches fatidiques. Pour retarder l'inévitable, elle monta le plus lentement possible.

Elle était encore sur la première marche lorsqu'elle entendit un bruit de pas du côté des bureaux.

Comme le canon du revolver était pointé dans son oreille, elle évita de tourner la tête pour ne pas surprendre Piper, et se contenta de bouger les yeux.

En voyant Jack debout sur le seuil de son bureau, elle ressentit un profond soulagement. De loin, il semblait redoutable, menaçant, et en même temps tellement rassurant ! Jean était là, lui aussi, revolver au poing. Mais c'était Jack que Grace regardait intensément.

Elle l'aimait, lui, son sourire, sa joie de vivre, son indépendance. Et pourtant, elle savait que, même si elle les sauvait toutes les deux, il ne voudrait plus d'elle. Il ne lui pardonnerait jamais de ne pas l'avoir mis au courant de ce qui se tramait contre lui.

Elle se força à revenir au présent. Le jeune policier n'était plus là : Jean avait dû lui faire quitter les lieux pour le protéger. C'était Jack et Riley qui leur faisaient face, à présent.

— N'approchez pas ! cria Piper aux deux hommes.

Sa voix se répercutait contre les hauts murs du hangar.

— Tout ce que je veux, c'est monter dans cet avion et décoller. Si personne ne m'en empêche, je relâcherai les filles à la première escale.

— C'est de la folie ! répliqua Jean. Tu n'iras nulle part.

Emma s'était réveillée et pleurait en entendant les éclats de voix.

— Je veux mon papa ! gémit-elle.

Grace vit Jack avancer d'un pas, mais Riley le retint par le bras.

Piper serra la petite fille dans ses bras.

— Chut, bébé, tout va bien, murmura-t-il.

Mais il enfonça plus fort le canon glacé dans l'oreille de Grace. Elle sentait l'arme trembler dans ses mains.

— Je ne veux pas leur faire de mal, mais vous allez m'y obliger! cria-t-il d'une voix nasillarde.

Sans prêter attention aux injonctions de Riley, Jack avança encore.

— Piper, réfléchis à ce que tu es en train de faire! dit-il à celui qui avait été son associé et son ami. N'aggrave pas ton cas en commettant le pire.

La jeune femme risqua un regard en direction de Piper. Les rides sur son visage s'étaient creusées, et il semblait à la fois désorienté, misérable et honteux.

— Tu ne sais pas, Jack! Tu ne sais pas ce que j'ai fait.

— Si, Piper, j'ai eu le temps de me faire une idée sur la question.

— Je suis navré, dit-il. Je ne pensais pas que ça irait aussi loin.

Grace retint sa respiration. Encore une fois, Piper semblait au bord des larmes. Ce n'était pas bon signe.

En regardant Jean, elle comprit qu'il pensait à la même chose qu'elle.

— Je sais que tu es malheureux, dit Jack d'une voix pondérée. Ecoute-moi : si tu jettes ton arme et que tu les laisses partir, je te trouverai le meilleur avocat de la ville. Quoi que tu aies fait, je reste ton ami, et tu sais que tu peux compter sur moi.

Hélas, se dit Grace, Jack parlait dans le vide : Piper semblait déconnecté.

— Je ne pensais pas que ça irait aussi loin, répéta-t-il. J'avais besoin d'argent.

Il cherchait à se justifier aussi bien vis-à-vis de lui-même qu'aux yeux de Jack.

— Tu connais ma situation financière, Jack, hein, Jack ?

— Oui. Parfaitement.

— L'argent me coule entre les doigts comme du sable. Je n'y peux rien. Ils m'ont dit que ce serait facile, que c'était juste une fois, que personne ne s'en apercevrait.

— Qui t'a dit ça ? demanda Jean.

Le revolver glissa légèrement des mains trempées de Piper, et Grace tressaillit quand il le rattrapa.

— Je ne peux pas le dire : ils me tueraient.

— McCall, c'est le meilleur moyen de tirer votre épingle du jeu, lui expliqua Jean. Calmez-vous, et réfléchissez une minute. Si vous n'êtes qu'un exécutant, et si quelqu'un d'autre tirait les ficelles, nous pouvons trouver un arrangement.

Piper essuya la sueur qui inondait son visage, et le revolver glissa encore une fois de ses doigts, jusqu'à ce que Grace sentît de nouveau le métal froid dans le lobe de son oreille.

— Quel... quel type d'arrangement ?

— Ça dépend, répondit Jean.

— J'ai presque soixante ans. Je ne veux pas aller en prison.

— Nous pouvons en discuter si vous les relâchez toutes les deux. Je ne peux rien décider tant que vous ne vous montrez pas plus coopératif.

Les pleurs d'Emma redoublèrent, et Piper sembla en proie à la plus grande agitation. Il tentait maladroitement de bercer la fillette. Ses traits étaient décomposés, et sa main tremblait de plus en plus sur le revolver. Son regard de bête traquée allait de Jack à Riley.

— Piper, dit doucement Jack, il te donne une chance de t'en sortir sans trop de dégâts. Profites-en.

Piper baissa son arme et confia la fillette à Grace.

Le soulagement que la jeune femme éprouva en serrant l'enfant contre elle la combla de bonheur. Son regard croisa celui de Jack, et elle lutta pour ravaler ses larmes.

— A présent, lâchez cette arme et levez les mains en l'air ! ordonna Jean.

Le visage livide, Piper lâcha l'arme qui heurta le sol en béton avec un son métallique.

Jean félicita Grace d'un simple regard. Elle lui répondit par un demi-sourire qui en disait long. Tout allait bien. Elle était encore sous le choc, mais elles étaient saines et sauves. Le plus important, c'était qu'elle allait rendre la fillette à son père.

Emma poussa un petit cri plaintif, et Grace l'étreignit tendrement.

— Ma chérie, regarde : voilà ton papa.

Tout en espérant que ses jambes allaient la soutenir jusqu'au bout, elle marcha vers Jack.

Dans son dos, elle entendit Piper murmurer :

— Pardonne-moi, Jack, je ne sais pas ce qui m'a pris.

— Merci pour ce que tu viens de faire, Piper, répondit Jack sans quitter Grace et Emma des yeux.

— Je te donnerai tous les renseignements : les noms, les cargaisons, tout ce que tu veux...

Sa phrase fut interrompue par une explosion vive et courte qui souffla dans le hangar. Piper poussa un hurlement. Grace l'entendit s'effondrer derrière elle.

Sans réfléchir, elle se jeta à terre avec Emma, à l'instant où un deuxième coup résonnait dans le hangar.

Grace releva la tête, et essaya de voir ce qui se passait.

Jean était au sol, à quelques mètres du jet, la chemise maculée de sang. La deuxième balle l'avait atteint. Il ne bougeait plus.

Le cauchemar recommençait. C'était la même scène qui se répétait, comme devant l'école de Marisa.

Jean. Non, pas Jean ! Il était son seul ami, sa seule famille, la seule personne qu'il lui restait à aimer.

Elle se sentit submergée par la rage, et leva la tête pour identifier le tireur. Elle ne fut pas surprise de voir Sydney surgir de derrière le jet.

L'assistante de Jack n'avait rien perdu de son élégance dans son tailleur gris et ses escarpins qui affinaient encore sa silhouette. La seule fausse note était la folie qui brouillait ses yeux bleus, et surtout l'arme automatique qu'elle tenait entre ses mains gantées et pointait directement sur Emma et Grace.

Jack semblait aussi terrifié que Grace, mais il s'efforça de rester calme.

— Syd, qu'est-ce qui vous prend?

— Devinez! rétorqua-t-elle d'un ton venimeux. Tout marchait comme sur des roulettes jusqu'à ce que ce crétin allongé là ne perde les pédales. S'il avait agi selon mes ordres, rien ne serait arrivé. Toutes les preuves étaient contre vous. Le temps que vous soyez jugé et condamné, nous aurions pu nous éclipser et prendre des vacances bien méritées.

— Je ne vous crois pas capable d'une telle horreur.

— Je m'en doute! Pour vous, je ne suis qu'une secrétaire efficace, tout juste bonne à répondre à vos coups de téléphone et à taper vos stupides lettres. Vous n'avez pas la moindre idée de ce que j'ai fait pour cette société. Sans moi, vous ne seriez rien.

— Que voulez-vous?

— Que vous me conduisiez loin de ce pays. Jack chéri, seriez-vous prêt à m'emmener à Ste Croix?

— Certainement pas.

Elle avança vers Emma et Grace, en jouant de la pointe de son arme.

— Laquelle des deux dois-je tuer en premier pour vous convaincre que je ne plaisante pas? Votre fille ou votre nouvelle petite amie?

Grace lut la terreur dans les yeux de Jack.

— Aucune des deux. Je vous emmène où vous voulez. Laissez-les tranquilles.

— Ah, Jack, je vous reconnais bien là ! Pourquoi ne pas les emmener avec nous ? Je suis certaine qu'elles adoreraient les Caraïbes et qu'elles seraient ma meilleure compagnie d'assurances pour vous empêcher de commettre quelque imprudence, durant le voyage.

Grace savait qu'une femme capable d'abattre un policier de sang-froid n'hésiterait pas à se débarrasser d'eux une fois parvenus à destination.

C'était à elle de jouer. Mais comment ? Si elle tentait quoi que ce fût dans la situation actuelle, Jack et sa fille en seraient les premières victimes.

Il fallait donc commencer par les mettre à l'abri.

Elle se pencha vers Emma :

— A mon signal, tu cours rejoindre ton papa, lui souffla-t-elle à l'oreille.

Ensuite, elle comptait sur Jack pour qu'il emmenât rapidement sa fille hors d'atteinte de Sydney Benedict.

Emma hocha la tête d'un air affolé.

Grace attendit que Syd fût arrivée à leur niveau pour rassembler tout son courage et murmurer à l'enfant :

— Maintenant !

En un seul mouvement, elle roula sur le côté pour libérer Emma, et bondit sur ses pieds en envoyant son coude dans le visage de Syd.

Surprise par la rapidité de l'action, celle-ci n'eut pas le réflexe de tirer. Sans lui laisser la possibilité de réagir, Grace lui saisit le bras et tenta de l'immobiliser.

Jack eut à peine le temps de réaliser ce qui se passait que, déjà, sa fille était dans ses bras. Il comprit alors que Grace tentait le tout pour le tout afin de sauver sa fille.

Emma était saine et sauve ! Il la serrait dans ses bras ! Pourtant, tout danger n'était pas écarté. Sydney n'avait pas lâché son arme, même si Grace lui avait tordu le bras au-dessus de sa tête pour l'immobiliser momentanément.

Jack entraîna sa fille dans le premier bureau.

— Reste ici, ma chérie. Surtout, ne bouge pas. Je reviens tout de suite.

Sans attendre de réponse, il referma la porte derrière lui. Grace et Syd luttaient étroitement pour récupérer le contrôle du revolver. Elles étaient presque sous le jet.

Grace semblait frêle, à côté de Syd, et Jack se demanda si elle aurait la force de résister longtemps à la poigne solide de sa secrétaire.

Avant l'explosion de la voiture sur l'autoroute, Grace n'aurait eu aucun mal à maîtriser Syd, mais, à présent, elle sentait qu'elle n'était pas en pleine possession de ses moyens.

Elle allait lâcher prise et laisser Syd reprendre le dessus lorsque son regard tomba sur le corps ensanglanté de Jean. Une nouvelle bouffée de rage s'empara d'elle et décupla ses forces. Un regain d'énergie lui fit plaquer Syd contre la carcasse du jet. Elle entendit un craquement dans le bras de son adversaire qui hurla de douleur en jetant l'arme à plusieurs mètres d'elles. Puis Syd s'effondra sur le béton en se tenant le poignet.

Grace recula, essoufflée, pliée en deux au niveau de la taille. Elle avait gagné. Pour Marisa, pour Jean, pour Emma.

Et pour Jack. Pour l'homme qui l'avait ramenée à la vie.

Elle ferma les yeux et adressa une prière de gratitude à un Dieu dont elle s'était crue abandonnée.

Mais elle eut tort de se montrer aussi optimiste.

Les paupières closes, elle n'avait pas vu arriver Syd. Elle sentit qu'on lui balayait les jambes. Son épaule heurta le béton et, avant qu'elle pût se redresser, Syd tenait de nouveau le revolver.

Non, non et non !

Pas maintenant, pas quand elle avait autant envie de vivre !

— Syd, non ! Ne tirez pas ! hurla Jack.

— Taisez-vous, Jack. Elle a tout gâché !

Ce fut comme dans un film au ralenti. Sydney leva son arme pour tirer. Grace vit la béance noire du canon. Elle refusait que ce fût sa dernière vision avant de mourir, alors elle tourna les yeux vers la seule personne qui eût jamais vraiment compté pour elle, depuis la disparition de Marisa.

L'effroi avait envahi le visage de Jack.

« Jack, je t'aime. »

Ce fut sa dernière pensée avant que le hangar ne fût secoué par une rafale de coups qui semblait ne jamais devoir prendre fin.

Les yeux fermés, Grace attendait la douleur. Mais rien ne se produisit. Rien. Pas de sang, pas de blessure.

Après quelques secondes, elle cligna des yeux.

Syd était allongée sur le sol, sa jupe étroite remontée au-dessus des genoux.

Au bout de son bras tendu, sa main manucurée tenait toujours le revolver. Il y avait une vilaine tache de sang sur son chemisier de soie.

Grace tourna légèrement la tête, et découvrit Piper McCall, appuyé contre la roue du jet. Il lui adressa un sourire fantomatique, et laissa tomber son arme sur le ciment.

— Je vous avais promis qu'il ne vous arriverait rien, lui rappela-t-il avec un pâle sourire.

Dans la seconde qui suivit, le hangar fut envahi d'ambulances, de voitures de police et de pompiers.

Grace chercha Jack des yeux, mais, dans la confusion il avait disparu. Il avait dû rejoindre Emma.

La jeune femme s'assit, et attendit d'avoir complètement repris ses esprits pour se précipiter au chevet de Jean. Les brancardiers l'emmenaient déjà vers une ambulance.

En voyant qu'il grimaçait de douleur, elle se sentit soulagée. Il souffrait, donc il était vivant.

Elle lui prit la main, et il la serra légèrement.

— Comment te sens-tu ? lui demanda-t-elle.

— On a connu mieux, maugréa-t-il. Voilà ce qui arrive quand on vit dangereusement.

Elle partit d'un rire nerveux. S'il trouvait la force de se plaindre, c'est qu'il n'allait pas si mal que ça.

— Tu m'as fait peur, tu sais.

— Et moi, tu ne crois pas que j'ai eu peur quand je t'ai vue avec ce flingue enfoncé dans l'oreille ? Qu'est-ce que tu étais venue faire ici, Gracie ?

Protéger ceux qu'elle aimait. Mais elle ne savait comment l'expliquer à Jean.

— On en parlera plus tard, lui dit-elle.

L'un des infirmiers lui tapota le bras.

— Madame, nous devons l'évacuer rapidement : il a perdu beaucoup de sang.

Grace s'écarta et salua Jean de la main.

— J'irai te voir à l'hôpital.

En se détournant, elle croisa le regard de Jack, debout devant son bureau avec sa fille dans les bras. L'expression de son regard était indéchiffrable. La jeune femme songea alors qu'ils formaient tous les deux une famille unie dont elle ne ferait jamais partie.

Au milieu du chaos et des hurlements des sirènes, elle se sentit plus seule qu'elle ne l'avait jamais été.

18.

L'adresse qui figurait sur le morceau de papier correspondait bien à cette petite maison nette et propre aux volets blancs fraîchement repeints.

Jack avait du mal à croire que ce grand gaillard de Riley, avec ses vêtements froissés et ses cheveux hirsutes, habitât une maison aussi coquette avec un jardin aligné au cordeau.

Pourtant, c'était bien ici. Après une bonne heure de discussions, Jack avait fini par arracher l'information à Riley sur son lit d'hôpital.

Syd était décédée durant son transport en ambulance. Son ambition démesurée lui avait coûté la vie. Jack ne la pleurerait pas. Ce qu'il regrettait, c'était de s'être laissé duper et de lui avoir permis de corrompre son ami Piper.

A travers le pare-brise ruisselant et le va-et-vient des essuie-glaces, il regardait la maison. Puis il se gara et coupa le contact d'une main qui tremblait légèrement.

Grace était là.

Il avait bien essayé de l'oublier quand il avait

compris qu'elle ne voulait plus le voir, mais il savait aujourd'hui qu'il n'y parviendrait jamais.

Il se gara devant la maison. Le fait que Grace eût décidé de renoncer à son logement misérable aurait dû le rassurer. Mais elle avait choisi de s'installer chez Riley. Même si le détective se trouvait toujours à l'hôpital, Jack n'appréciait pas que Grace se fût réfugiée dans sa maison, qu'elle dormât dans son lit.

Il ne comprenait pas ce qui le mettait aussi mal à l'aise. La jeune femme avait le droit de vivre où elle voulait. Ou plutôt, si, il savait ce qui lui déplaisait tant. La vérité, c'est qu'il était jaloux. C'était stupide et égoïste, mais il était purement et simplement jaloux de l'inspecteur Riley et de l'affection que Grace avait pour lui.

Quand Riley avait été touché par la balle de revolver, le visage de la jeune femme avait exprimé une douleur immense. Il était clair que ces deux-là entretenaient une relation sentimentale qui dépassait largement le cadre du travail. Lorsqu'elle s'était aperçue qu'il n'était que blessé, elle lui avait pris la main et ne l'avait plus lâchée jusqu'à ce qu'un membre de l'équipe de secours la priât de s'écarter.

Jack se doutait que Grace ne lui ferait pas bon accueil, vu la façon dont il l'avait chassée de chez lui. Mais il avait besoin de lui parler. Entre eux, il restait trop de non-dits.

Le sac de toile posé sur le siège du passager contenait la broderie que la jeune femme avait commencée à Hawaii. Il le prit et descendit de

268

voiture. La pluie fine et pénétrante lui fit remonter le col de son manteau.

Une volée de marches menait à la porte d'entrée.

Elle répondit presque immédiatement. Dès qu'elle le vit devant la porte, elle ouvrit d'abord des yeux surpris qui exprimaient une légère méfiance.

Ces quatre jours écoulés depuis la dernière fois qu'il l'avait vue lui avaient semblé durer une éternité. Il avait oublié la profondeur de ses yeux qui lui mangeaient le visage, le grain de sa peau de satin, la finesse de ses traits.

Ils restèrent face à face quelques secondes sans rien dire, chacun dévorant l'autre des yeux, le jaugeant, épiant la moindre de ses réactions. La jeune femme fut la première à rompre le silence.

— Bonjour, Jack. Comment as-tu appris que j'étais ici ?

— Riley a vendu la mèche.

Elle feignit une moue de dégoût.

— Le traître ! Si les policiers ne sont plus capables de tenir leur langue, à qui faire confiance ?

— Ça n'a pas été facile de le faire parler.

Il baissa les yeux, gêné à l'idée d'avoir tant harcelé le détective sur son lit d'hôpital. Au début, Riley avait farouchement refusé de lui dire où se trouvait Grace, puis il avait fini par céder quand Jack, ravalant sa fierté, lui avait avoué les véritables raisons de sa démarche.

Cependant, en lui communiquant son adresse, il

avait bien fait comprendre à Jack que, s'il faisait de nouveau souffrir la jeune femme, il aurait affaire à lui.

— Ça t'ennuie si j'entre deux minutes ?

Il crut qu'elle allait lui fermer la porte au nez, mais, après une courte hésitation, elle s'écarta pour lui céder le passage. L'eau gouttait de son manteau sur le plancher de l'entrée, mais elle ne lui proposa pas de se dévêtir. Elle devait espérer qu'il ne s'attarderait pas.

Il prit l'initiative d'ôter son vêtement trempé et de l'accrocher au portemanteau en cuivre de la porte.

— Pourquoi es-tu venue te cacher ici plutôt que de retourner chez toi ?

Les mains enfoncées dans les poches de son jean, il essayait de paraître décontracté.

La jeune femme haussa les épaules.

— Mon bail de location expirait, et je n'ai pas eu envie de le renouveler parce que... je ne voulais pas retourner là-bas. Et puis, je me suis dit que Jean aurait besoin d'une infirmière quand il sortirait de l'hôpital.

— Et pourquoi jouerais-tu ce rôle ?

Le regard qu'elle lui lança lui fit aussitôt regretter sa question.

— Euh, tu as raison, ça ne me regarde pas, dit-il en levant les mains : je n'ai pas de questions à te poser.

— Qu'es-tu venu faire ici, Jack ? demanda-t-elle brusquement.

— Je t'ai rapporté tes affaires. La valise est

270

dans la voiture. Et puis... Lily m'a chargé de te remettre ceci.

Grace sentit son cœur se serrer en découvrant la fine étoffe bleue et blanche entre les mains de Jack. Elle avait beaucoup regretté de ne pas l'avoir emportée, au cours de ces quatre jours. Elle avait imaginé un stratagème pour retourner la chercher sans avoir à croiser les occupants de la maison. Et puis, elle s'était dit qu'elle téléphonerait à Lily pour lui demander de la lui envoyer par la poste, mais elle n'avait pas encore trouvé le courage de le faire.

Il était important pour elle de finir ce travail, ne fût-ce que pour se prouver qu'elle en était capable. Lily avait raison : pour quelque raison mystérieuse, la confection de cette jolie broderie l'apaisait et lui permettait d'avancer dans son deuil.

Entre son retour d'Hawaii et ce terrible après-midi à la C.P.F., elle avait vraiment pris conscience que sa vie devait continuer. L'année précédente avait été noire et froide, mais sa rencontre avec Jack et Emma avait fait fondre la glace de son cœur. Elle voulait vivre, même si c'était loin des deux personnes qui l'avaient aidée à grandir.

Elle prit le tissu des mains de Jack, et en caressa la matière fluide et douce. Devant les petits dauphins qui semblaient l'inviter à entrer dans leur joyeuse ronde, son cœur se serra.

— Les vêtements, je m'en fiche, murmurat-elle, mais ça, j'y tiens beaucoup. Merci de me l'avoir rapporté.

Jack ne répondit rien, et le silence revint, tendu et embarrassant. Ce fut encore Grace qui parla, malgré la boule qu'elle sentait dans sa gorge. Jack était là, devant elle, toujours aussi séduisant et en même temps inaccessible.

— Tu es venu uniquement pour me rapporter mes affaires ?

— Non.

Il replongea les mains dans ses poches.

— Je suis venu te remercier pour ce que tu as fait, l'autre jour. Encore une fois, tu as risqué ta vie pour Emma. C'était de la pure inconscience, mais merci.

Grace baissa les yeux. Elle n'avait que faire de sa gratitude. Ce qu'elle voulait, c'était qu'il l'aime.

— J'ai comme l'impression que nous avons déjà vécu cette scène, murmura-t-elle.

— Moi aussi. Je ne compte plus les fois où tu as sauvé la vie de ma fille.

Comme elle se taisait, il avança vers elle et lui prit le menton pour l'obliger à le regarder dans les yeux.

— Pourquoi, Grace ? Je viens de passer quatre jours à me poser cette question. Pourquoi as-tu fait ça ?

Elle pria pour qu'il ne lût pas ses pensées dans ses yeux.

— Que veux-tu dire ?

— J'ai parlé avec Piper. Il m'a tout raconté. Quand il est venu à la maison chercher Emma, tu as insisté pour les accompagner. Et, ensuite, tu as tout fait pour le convaincre de te prendre en otage à la place d'Emma. Pourquoi, Grace ? Pourquoi ?

Elle rougit. Elle ne comprenait pas les raisons de sa colère.

— Je suis policier, lui dit-elle. Mon rôle était de la protéger.

— Tu ne me feras pas croire que les policiers ont pour habitude de se jeter dans la gueule du loup pour sauver les éventuelles victimes.

— Eh bien, moi, si. Et Riley en aurait fait autant.

— Non, Grace : il y a autre chose. Ne le nie pas. De toute façon, tu n'es plus dans la police.

— Exact. Mais tu m'avais engagée pour assurer la protection de ta fille.

— Allons, Grace ! Nous savons tous les deux pourquoi tu as accepté ce travail : tu voulais me faire payer la mort de Marisa.

Elle ouvrit la bouche pour protester, mais se ravisa. Il avait raison : au départ, elle avait accepté cette mission dans le seul but de se venger.

— Explique-moi, reprit-il d'un ton pressant. Je n'arrive pas à comprendre. Pourquoi joues-tu ainsi avec la mort ? Est-ce parce que tu n'as plus rien à perdre ? La vie n'a-t-elle plus d'importance pour toi ?

Il sonda son regard, et y lut de la culpabilité, puis de la honte.

— Si, murmura-t-elle. La vie a encore de l'importance pour moi.

— La première fois que tu as sauvé Emma, c'était différent. Tu te moquais bien de ce qui pouvait t'arriver. C'est, d'ailleurs, pour ça que tu refusais que l'on considère ton geste comme un acte d'héroïsme.

— C'est vrai. J'étais tellement désespérée, cette nuit-là, que je me fichais que la voiture explose pendant que j'étais à l'intérieur.

— Avoue que tu n'étais plus dans cet état d'esprit, l'autre jour, lorsque tu as risqué ta vie pour la deuxième fois.

C'était la vraie raison qui l'avait amené ici. Il voulait l'entendre de sa bouche.

Elle garda le silence pendant un long moment. La pluie tombait de plus en plus fort sur le toit de la maison. Jack se demanda si elle allait répondre et, finalement, elle commença d'une voix à peine audible :

— La nuit de l'accident, sur l'autoroute, je n'avais plus rien à perdre, c'est vrai.

Elle leva les yeux vers lui.

— A la C.P.F., quand je me suis couchée sur Emma avec les balles qui sifflaient au-dessus de nos têtes, ce n'était plus pareil.

Jack sentit son cœur chavirer lorsqu'il vit ses yeux se brouiller de larmes.

— Tout ce qui comptait, c'était la vie d'Emma, et aussi la tienne, ajouta-t-elle. J'ai pris conscience que je ne survivrais pas s'il arrivait quelque chose à l'un de vous deux.

A ces mots, Jack avança vers elle en ouvrant les bras. La jeune femme se réfugia immédiatement contre lui.

Ce fut comme s'ils ne s'étaient jamais quittés. Il la serra sur son cœur jusqu'à lui faire mal.

— Oh, Grace ! murmura-t-il dans ses cheveux. Je t'aime tellement !

Elle leva la tête contre son torse et le regarda en clignant des yeux.

— Que... qu'as-tu dit ?

— J'ai dit que je t'aimais, répéta-t-il lentement. De toute la force de mon âme, je t'aime, Grace Solarez.

Elle laissa retomber la tête sur son torse, comme si elle pesait une tonne et qu'il lui était soudain impossible de la porter. Quand elle ouvrit les yeux, il s'attendait à y lire de la tendresse et de l'affection, mais la jeune femme semblait profondément indignée. Elle se libéra de ses bras et le repoussa.

— Tu n'as pas honte de m'avoir laissée vivre cet enfer durant quatre jours ? s'écria-t-elle. J'ai cru que j'allais passer le reste de ma vie seule, sans les grands yeux d'Emma, sans les pâtisseries de Lily, sans ton sourire.

Elle s'interrompit, et la colère quitta son regard. Tout ce qu'il espérait entendre venait d'être dit, et même davantage.

— J'avais peur de ne plus jamais sentir la chaleur de tes bras, de ne plus pouvoir t'embrasser ni te dire que tu étais entré dans mon cœur.

Elle posa de nouveau la tête contre lui.

— Pourquoi as-tu mis si longtemps ?

La joie qu'il éprouva fut si intense qu'il se mit à rire.

— Je n'ai pas ton courage, Grace. Il m'a fallu ces quatre jours pour oser venir te parler, d'autant que je ne savais pas ce que tu ressentais.

Cette vulnérabilité chez le bel et arrogant Jack Dugan la toucha. Elle sourit, et lui caressa tendrement la joue.

— Je t'aime, Jack, plus que je ne l'aurais rêvé.

— M'aimes-tu assez pour ça ?

Il plongea la main dans la poche de son jean, et en retira le petit écrin en satin. Puis il l'ouvrit, et Grace découvrit un anneau d'or serti de pierres qui avaient la couleur de ses yeux.

— Je l'avais sur moi quand je t'ai surprise dans mon bureau. Je savais que tu n'étais pas encore prête, mais j'espérais que tu le serais un jour.

La jeune femme ressentit d'abord une violente panique à la vue du bijou. Serait-elle capable de donner à Jack tout l'amour qu'il méritait, alors qu'elle avait à peine commencé son deuil ?

Devant son silence et la frayeur qu'il lisait dans son regard, il la rassura d'un baiser.

— Tu n'es pas obligée de me répondre tout de suite. Tu as le temps. Nous avons le temps. Je voulais juste que tu saches où j'en étais. Je ne veux rien d'autre que passer ma vie à essayer de te faire sourire. J'attendrai que tu sois prête. Toujours, s'il le faut.

Grace se sentit envahie par une douce chaleur, devant le courage et la force que Jack lui donnait. Il lui était impossible de vivre sans lui, même si, dans un premier temps, le fait de remplacer la maman d'Emma pouvait fortement raviver sa douleur.

Elle leva vers lui des yeux pleins de larmes.

— Tout à l'heure, tu évoquais la raison pour

laquelle je n'aimais pas qu'on me remercie d'avoir sorti Emma de cette voiture. Tu veux connaître la vérité ?

Il ouvrit la bouche, mais elle le bâillonna gentiment de sa main.

— Je n'ai pas sauvé Emma, cette nuit-là, Jack. C'est elle qui m'a sauvée. Vous deux, vous m'avez sauvée. Vous m'avez sortie de cet appartement misérable où je vivais, vous m'avez tirée par la main et obligée à entrer dans un monde de joie et de lumière.

— Grace...

— Oui, Jack, ma réponse est oui.

Un sourire tremblant passa sur ses lèvres.

— J'aime ce monde que tu m'as fait connaître, et je ne veux pas le quitter.

Trop ému pour parler, Jack se pencha pour l'embrasser, et elle sut que son cœur avait trouvé la paix.

Chère lectrice,

Vous nous êtes fidèle depuis longtemps?
Vous venez de faire notre connaissance?

C'est pour votre plaisir que nous avons
imaginé un rendez-vous chaque mois
avec vos auteurs préférés, vos
AUTEURS VEDETTE dans les
collections Azur et Horizon.

Les AUTEURS VEDETTE vous
donneront rendez-vous pour de
nouveaux livres vedette.

Pour les reconnaître, cherchez
l'étoile... Elle vous guidera!

Éditions Harlequin

COLLECTION HORIZON

Des histoires d'amour romantiques qui vous mènent au bout du monde!

Découvrez la passion et les vives émotions qu'apportent à la Collection Horizon des auteurs de renommée internationale!

Captivantes, voire irrésistibles, ces histoires d'amour vous iront assurément droit au coeur.

Surveillez nos quatre nouveaux titres chaque mois!

GEN-H

La COLLECTION AZUR

Offre une lecture rapide et

- stimulante
- poignante
- exotique
- contemporaine
- romantique
- passionnée
- sensationnelle!

COLLECTION AZUR... des histoires
d'amour traditionnelles qui vous
mènent au bout du monde!
Six nouveaux titres chaque mois.

HARLEQUIN

En août, on vous tente avec un livre SUPER PASSION de la série Rouge Passion.

Les livres SUPER PASSION sont un peu plus sensuels et excitants, mais toujours l'amour triomphe des contraintes, de dilemmes et vient réchauffer votre coeur comme une caresse.

Une histoire SUPER PASSION chaque mois, disponible là où les romans Harlequin sont en vente !

RP-SUPER

Composé sur le serveur d'EURONUMÉRIQUE, À MONTROUGE
PAR LES ÉDITIONS HARLEQUIN
Achevé d'imprimer en octobre 2001

BUSSIÈRE

GROUPE CPI

à Saint-Amand-Montrond (Cher)
Dépôt légal : novembre 2001
N° d'imprimeur : 15244 — N° d'éditeur : 9012

Imprimé en France